suncolor

suncolor

後宮之烏

4 咒縛之結

白川紺子 著／李彥樺 譯

suncolor 三采文化

登場人物介紹

夏高峻　剛即位的年輕皇帝。希望與烏妃壽雪成為「摯友」。

柳壽雪　現任烏妃。能施展神奇祕法。離群而居的神祕人物。

衛青　對高峻忠心耿耿的宦官。

九九　壽雪的侍女。個性單純又有點雞婆。

溫螢　奉衛青之命保護壽雪的宦官。

衣斯哈　相當年輕的宦官。來自西方的少數民族。

晚霞 鶴妃。天真無邪的少女。對壽雪懷抱好感。

朝陽 晚霞的父親。賀州權貴。來自卡卡密國的少數民族首領。

白雷 巫術師。新興宗教「八真教」的教祖。

隱娘 「八真教」的年輕巫女。

麗娘 前任烏妃。已過世。

魚泳 前任冬官。已過世。

花娘 高峻的尊師雲永德（宰相）的孫女。與高峻是青梅竹馬。

世界圖

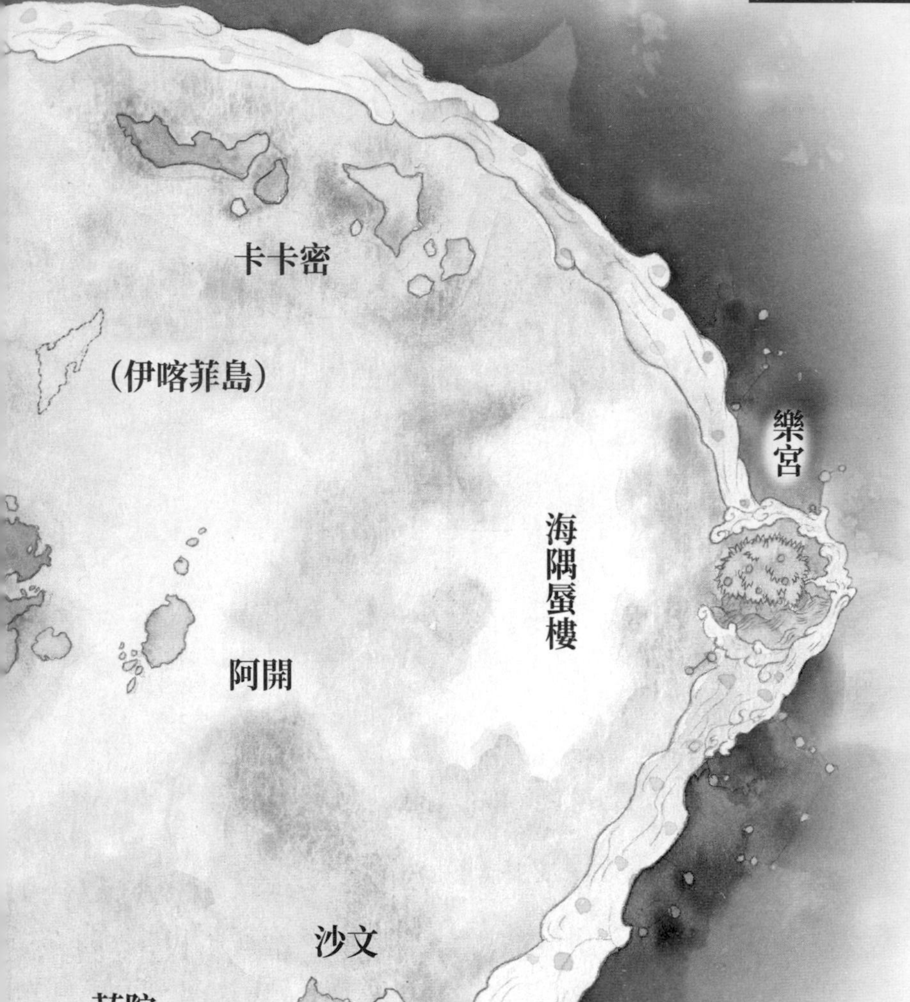

卡卡密
(伊喀菲島)
樂宮
海隅蜃樓
阿開
沙文
花陀
迴廊星河
雨果

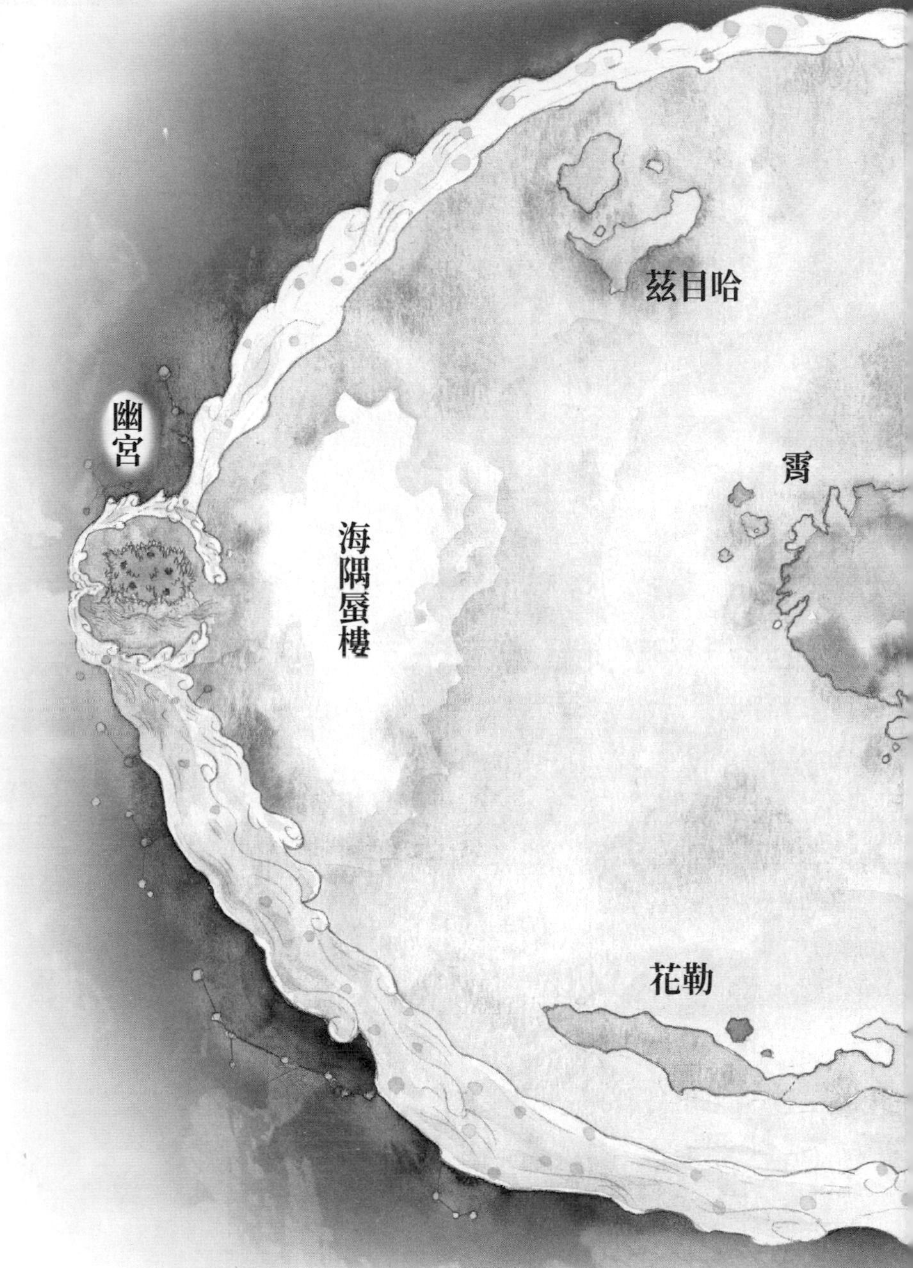

兹目哈
幽宮
海隅蜃樓
霄
花勒

霄國地圖

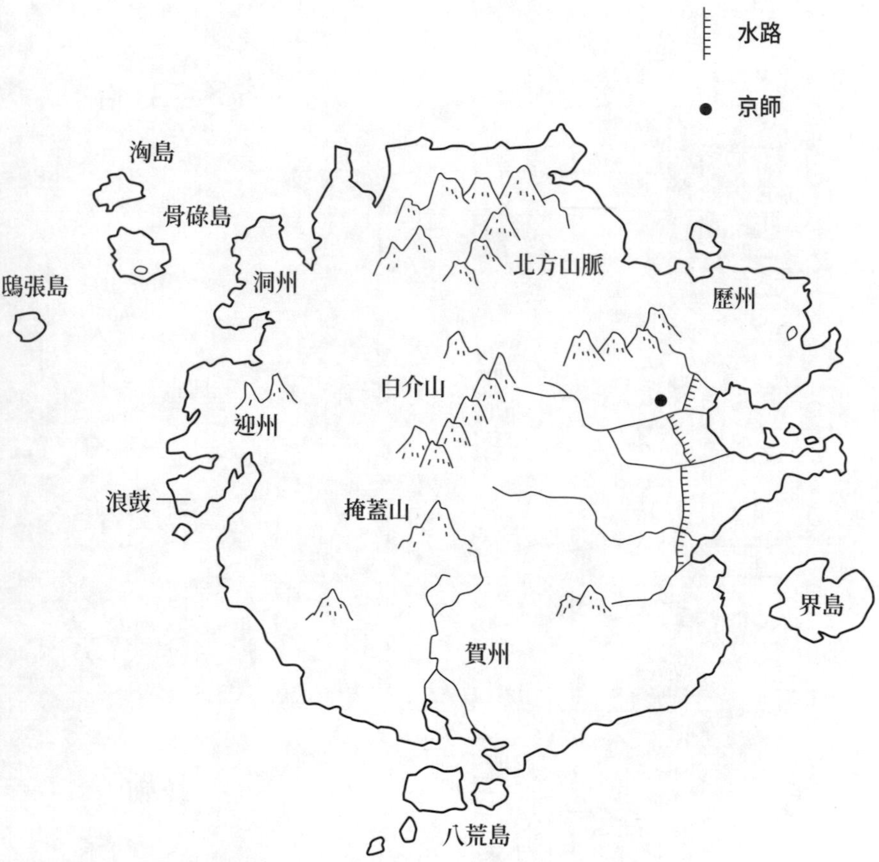

宮城內地圖

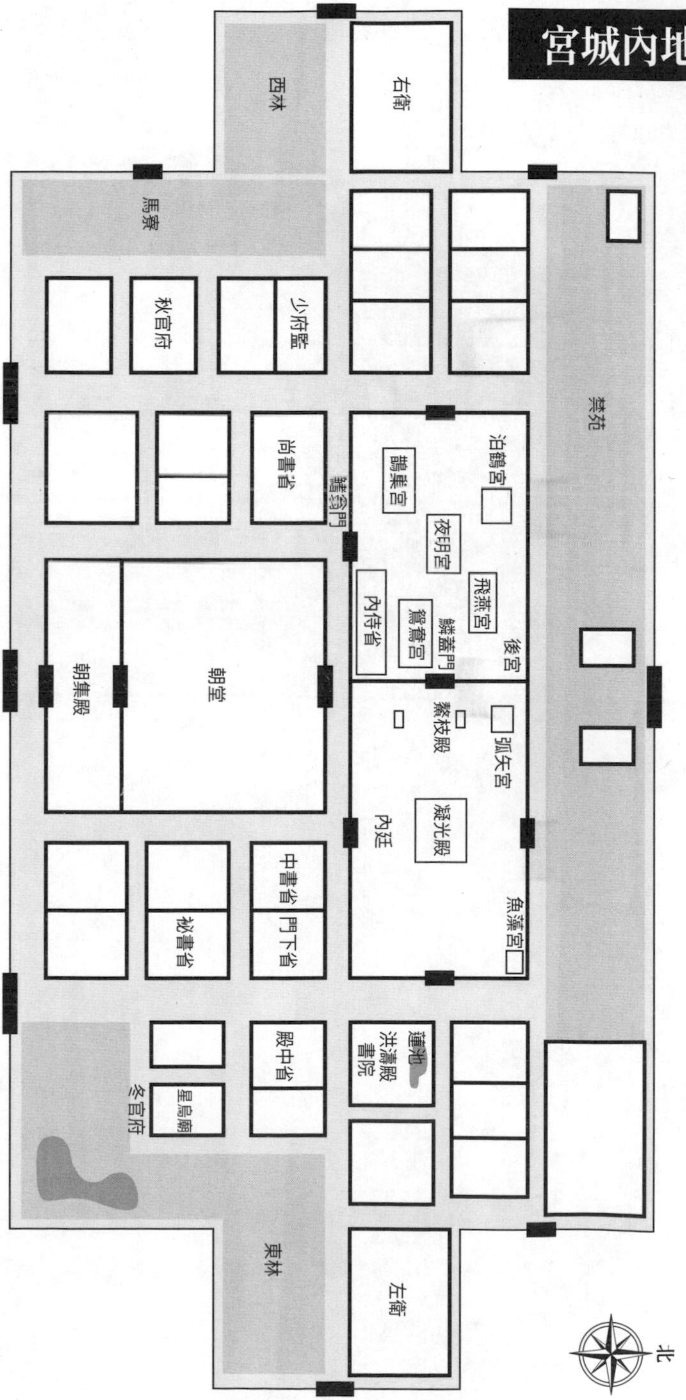

西林
右衛
馬寮
秋官府
少府監
禁苑
尚書省
鰭翁門
鵲巢宮
泊鶴宮
夜明宮
飛燕宮
內侍省
鴛鴦宮
鱗蓋門
後宮
朝集殿
朝堂
鰲枝殿
弧矢宮
凝光殿
內廷
中書省
門下省
秘書省
魚藻宮
殿中省
蓮池
洪濤殿
書院
星烏廟
冬官府
東林
左衛
北

目錄

蠶神

墜月燈海分雙神，一神為陰二神熒，
瓜分海隅八千夜，一神幽處黝御舍，
二神樂居月御舍，一曰幽宮二樂宮。
幽宮水門化大鼇，大鼇之神獲罪愆，
身斬八段流宮外，首為界島腕八荒，
腳為骨碌甲峽谿，血流成河眼為沼，
口吐渦流喚潮汐，腐肉生稻穗墜地，
生桑生蠶生萬民，又一骨化白龜神，
白龜之神曰鼇神，定海平瀾守舟船，
其神血脈傳八代，化為白王始稱帝……

——錄自鴉幫祭文

在晚霞的面前，擺著一只父親朝陽差人送來的木盒，盒中裝滿了生絲。那有如朝靄一般的乳白色生絲泛著油亮的光澤，正是最上等的賀州生絲。

賀州的生絲堪稱霄國一絕。原本賀州的絲業源自於沙那賣一族自卡卡密帶來的桑蠶，朝陽投注心力進行品種改良，讓賀州的生絲就此聲名大噪，就連晚霞自己，從小也在朝陽的命令下學習養蠶技術。桑蠶還可分為春蠶、夏蠶、秋蠶、晚秋蠶等等，每天都必須摘取桑葉以供蠶食，並且清掃蠶盒。進入結繭期之後，就要將蠶移至蠶蔟，化繭之後要進行清除蓬絲及篩選的步驟，如此周而復始。

晚霞很喜歡聽蠶兒吃桑葉的聲音，經常坐在蠶室的角落，凝神傾聽此起彼落的食葉聲，那種感覺就像是置身在絲絲細雨之中，心中的煙塵都彷彿受到洗滌。

若說食葉聲是生命之聲，那麼煮繭聲便是死亡之聲。將篩選出來的良繭以熱水燙死裡頭的蛹，再抽取其絲的過程，總是讓晚霞看得內心發涼。那熱水的沸騰之聲，就像是吸取生命能量的聲音，雖然令人目不忍睹，但如此抽取出來的生絲卻是冷豔華美，世所罕見。

每當以生絲所織成的絲綢在肌膚上輕輕撫過，晚霞總是會感受到一股玄陰幽黯的寒意，宛如在寒冬中置身於日蔭之處。

晚霞從盒中取出了一把生絲，絲結處正以紙片裹住。

常有不肖商人在販賣生絲的時候，為了增加生絲的重量，而在紙片內側黏貼鉛塊或鐵片。當然父親寄生絲給女兒，沒有必要在重量上動手腳，然而這捆生絲卻也藏著一個祕密。晚霞將手指伸進了紙片的內側，小心翼翼地抽出暗藏在裡頭的一枚小紙條，每當父親有什麼話不便在家書中明說，便會像這樣在送給女兒的禮物之中暗藏紙條。晚霞慎重地攤開了那紙條。那狹長的紙條上只寫了寥寥數字，正是父親的親筆字跡。

勿近烏妃

晚霞不禁倒抽了一口涼氣。

——為什麼？

父親在下達指令的時候，從來不會告知理由，除了遵照指示去做之外，晚霞沒有第二個選擇。過去自己在父親的指示之下，總是將後宮所發生的大小事情逐一向父親回報，其中當然也包含了她親眼所見的皇帝近況。晚霞知道自己這麼做不僅能幫助父親，更能幫助整個沙那賣一族。

就連壽雪的祕密，晚霞也沒有隱瞞父親。如今父親已得知烏妃的黑髮並非原生髮色。壽雪是晚霞的救命恩人，如果可以的話，晚霞多麼希望能夠與她成為好朋友。即便如此，她還是對父親據實告知了壽雪的祕密。

歷經了內心的掙扎與糾葛，晚霞最後還是選擇了父親。

父親在得知了壽雪的祕密之後，得出的結論竟是「勿近烏妃」。到底理由是什麼，晚霞並不清楚。但就算父親沒有這麼下令，她也已自覺沒有臉再見到壽雪。想要當朋友的夢想，畢竟無法實現。

晚霞輕輕撫摸著生絲，生絲的表面明明觸手冰涼，卻又隱隱透著一股令人忍不住想要縮手的灼熱感。那是生命的熱流，生命有如稻穗般遭到收割後散發出的熱流。

——自己的生命肯定沒有辦法如此灼熱。

晚霞回想起了蠶繭的篩選作業，那是將繭區分出上等及劣等的作業。最劣等的蠶繭，稱作「死繭」。繭中之蛹早已死了，整顆繭已呈腐臭狀態，因為腐敗的關係，裡頭的蛹變得又濕又軟。

——自己就像是一顆死繭。

沒有人知道自己的內在早已有如屍骸，正在逐漸腐臭……

「聽說蠶室裡出現了幽鬼。」

這天夜裡，九九突然提到了這個傳聞。隨著日子一天天過去，不僅涼意漸增，而且太陽下山的時間也越來越早了，夜明宮一如往昔沒有點亮任何吊燈，整座殿舍隱沒在夜色之中。遠方不斷傳來蟲鳴聲，在寂靜的夜明宮中顯得特別清晰。

偌大的房間裡只有壽雪及侍女九九兩人，儘管壽雪一再催促九九早點回房就寢，後者卻堅持要陪著主人熬夜，因為每到深夜，總是會有客人前來拜訪烏妃。每一名訪客的目的不盡相同，從尋找失物到咒殺仇人不一而足，為了懇求烏妃實現自己的夙願，這些訪客總是趁著伸手不見五指的漆黑深夜，躡手躡腳地來到夜明宮外。

「汝言何處有幽鬼？」

壽雪一時以為自己聽錯了，露出了納悶的表情。

「蠶室，養蠶的房間。」

「後宮亦有蠶室？」

「泊鶴宮的北邊有一座桑林，蠶室就在那附近。聽說打從前朝的時代就有了，到了炎帝時期也還保留著，但是到了先帝時候，因為皇后討厭蠶，所以將蠶室拆除了，陛下登基後，才又命人重建。因為鶴妃娘娘的老家大力推廣絲業……」

「晚霞老家……賀州沙那賣家？」

「是啊，陛下為了鶴妃娘娘，下令重新設置蠶室。聽說鶴妃娘娘在入宮之前，也是過著每天養蠶的生活呢。如今蠶室裡的蠶兒，都是由泊鶴宮的宮女們負責照顧……」

九九頓了一下，以一副「接下來才是重點」的口吻說道：

「聽說蠶室裡出現了幽鬼呢。」

「既為蠶室幽鬼，應作蠶形？」

「不，不是蠶兒的幽鬼，是宮女的幽鬼。」

九九接著訴說起了詳情。

在前朝的時代，有一名在蠶室執勤的宮女不小心踩死了一隻蠶，因害怕遭受責罰，並沒有向上呈報。

在某一天晚上，她突然覺得身體很不舒服，接著竟當著眾人的面，口中吐出了蠶絲。隨著蠶絲越吐越多，宮女的身體也變得越來越削瘦。另外一名宮女心生恐懼，趕緊拿剪刀將蠶絲剪斷，沒想到這麼一剪，那吐絲的宮女竟然倒地而亡，而且頭髮變得像蠶絲一樣白。

「一定是受到蠶的詛咒了。」

九九按著自己的臉頰，一臉驚恐地說道。

壽雪歪著頭問道：

「宮女死於蠶祟，與幽鬼何關？」

「娘娘，您別心急，先聽我說完。這名受蠶詛咒而死的宮女，後來便化成了幽鬼，不時出現在蠶室裡。每次那幽鬼出現，總是會混在眾宮女之中，一同照顧蠶兒，等到大家發現那幽鬼的存在，她又會驀然消失。聽說在上上代的炎帝時期，那宮女的幽鬼也曾出現過，到了先帝時期，因為沒有蠶室，所以那幽鬼也就不再出現……」

「如今蠶室已復，幽鬼亦隨之現形？」

「娘娘猜得沒錯，就是這麼回事。」

九九用力點頭。

「雖然那宮女的幽鬼並沒有對任何人做出危害的舉動，但是聽說泊鶴宮的宮女們都怕得不得了。」

「泊鶴宮宮女以此事告汝？」

「不，是鴛鴦宮的宮女跟我說的。今天我去了一趟鴛鴦宮，想要討一些廢紙來讓衣斯哈練字，那裡的宮女告訴了我這個傳聞。」

衣斯哈是夜明宮的年幼宦官，最近正勤於讀書識字，因此九九一有空就會到處去討廢紙，回來讓他練字。

愛嚼舌根是宮女的天性，不論哪座宮都一樣，九九每次出去辦事，總會帶回來一些這種來歷不明的傳聞。當然其中亦不乏相當有用的重要訊息，但荒誕不經的謠言卻也不少。

「既非當事人言，豈知此事真偽？」壽雪說道。

「不然我去找泊鶴宮的宮女問問看？」

「那亦不必……」

壽雪正說到一半，驀然轉頭望向門口。金雞星星也在同一時間振翅喧譟。有客人來了。

「啟稟娘娘。」

沒想到門外傳來的竟然是護衛宦官溫螢的聲音。

「有一名宮女在樹林裡迷了路，下官將她帶了回來。」

夜明宮的周圍是一大片由椨樹及杜鵑花所組成的茂密樹林，就算是在白天也相當昏暗。在如今這種烏雲蔽日的夜晚裡更是一片漆黑，只要一個不留神便很容易迷失方向。

殿門一開，只見溫螢走了進來，後頭跟著一名神情不安的矮小宮女。宮女來到壽雪面前，跪下行禮。

「下官先回崗位去了。每次下官一離開，淡海便要偷懶。」

溫螢說完後，便轉身朝殿外走去。

淡海是夜明宮的另外一名護衛宦官。相較於沉默寡言、做事勤快嚴謹的溫螢，他卻是個喜歡說三道四又愛偷懶的人，兩個人的性格可說是南轅北轍。

「欲求烏妃娘娘相助。」

宮女依著慣例說出這句話，對著壽雪拜倒在地。她不僅嗓音虛弱，而且神色緊張，顯然是有什麼迫在眉睫的事情要央求烏妃出手相助。

「吾幾不聞汝聲，可上前。」壽雪指著自己對面的椅子說道。

那宮女略一遲疑，畏畏縮縮地起身，走到她的對面坐下。

「先通姓名。」壽雪簡短地說。

「小女子姓年，名秋兒，是泊鶴宮的宮女，主要負責蠶室的工作。」

壽雪不由得與旁邊的九九對看了一眼。剛剛與九九對話，她便已猜到根本不必到泊鶴宮打探消息，反正只要泊鶴宮有什麼異狀，自然會有人找上門來。只是沒有料到時機竟然這麼巧，一句話還沒說完，這宮女就出現了。

「莫非為蠶室幽鬼之事？」

「不愧是烏妃娘娘，您已經知道了？」

宮女嘆服不已。

「恰曾耳聞……」壽雪趕緊解釋。要是被對方誤以為自己無所不知，那可就麻煩了。

「吾聞此幽鬼乃一宮女？」

「是的，聽說是前朝死於蠶祟的宮女。」

秋兒口中描述的幽鬼，正與九九聽到的傳聞雷同。

「那個宮女的幽鬼總是突然出現在蠶室裡。蠶室的工作相當繁雜，大家都忙著運桑餵蠶，沒有時間互相確認每個宮女的臉。有一次我偶然抬起頭來，卻看見一個從來沒見過的宮女正拿著桑葉餵蠶，我嚇得人叫，那宮女瞬間就這麼消失無蹤了。除了我之外，還有其他人也都看見了。」

秋兒接著描述，自從那天之後，蠶室便常常出現宮女的幽鬼。

「如果只是這種程度的作祟，我也不敢前來煩勞烏妃娘娘相助。說實話大家在蠶室裡都很忙，就算多了一、兩個宮女，我們也沒有時間理會。剛開始的時候，那幽鬼只是突然出現又突然消失，並沒有做出什麼危害我們的舉動，久而久之大家也習慣了。比起那幽鬼，我們更在意的是蠶兒能不能平安長大，能不能結出好繭……但是到了後來……」

秋兒的臉孔突然蒙上了一層陰影。

「幽鬼為害？」

秋兒點了點頭。

「是的……雖不是害我們受傷或生病之類，但是帶來的困擾可說是有過之而無不及。」

秋兒臉色蒼白地垂下了頭。

「所害何事？」

「蠶室裡的繭不見了。」

壽雪不由得愣了一下。

「此便是幽鬼所害之事？」

「這對我們來說，可是不得了的大事。蠶室裡頭的蠶兒都是鶴妃娘娘及陛下所有，我們平日細心呵護，一隻也不敢讓牠死了，更何況是突然從蠶室裡消失。」

「失蠶有幾多？」

「目前已經遺失了兩隻。」

「室中之蠶必多，僅少兩隻，如何得悉？」

「如果是幼蠶的話，我們也算不出數量，但是當蠶兒長大，準備要結繭的時候，我們會將一隻隻的蠶兒放進稻草編成的蠶蔟裡，令其結繭。每格只放一隻，因此若有短少，馬上就會發現。昨天我們一個不留神，便有蠶兒從蔟上消失了。那蠶兒已完成結繭，才正準備要除去蓬絲而已……」

「何以知此事乃幽鬼所為？」

「剛開始的時候，我們都以為是不小心從蔟上掉了下來，不僅把整座蠶室的檯架及地板都找了一遍，就連每個宮女的身上都找過了，卻是說什麼也找不到。正當我們一籌莫展的時候，忽然有個宮女說，在繭遺失之前，她看見了幽鬼。因為幽鬼已經出現過好幾次，當時她也不在意……事後仔細一想，才明白繭是被幽鬼拿走了，雖然她沒有親眼看見幽鬼把繭拿走，但除此之外並沒有第二個可能。從進入蠶室，到發現繭遺失的這段期間，完全沒有任何人離開過，但是我們把整間蠶室及每個人的身上都找遍了，卻完全沒有發現繭的蹤影。更何況一旦弄丟了繭，我們會遭到處罰，又何必做這種事情來害自己？」

「言之有理……」壽雪點了點頭。

「因為還沒有進入採繭作業，所以尚未向鵲妃娘娘報告繭的數量。我們一群宮女私底下約好了，如果娘娘問起，就說那兩隻蠶兒突然死了……請烏妃娘娘……」

秋兒朝壽雪偷偷瞥了一眼。

「吾不洩密，汝可安心。」壽雪想也不想地說道。

秋兒露出鬆一口氣的表情，接著說道：

「我們都很擔心，要是幽鬼又跑出來偷繭……明天就要採繭了，採好的繭會區分為良繭及劣繭，其中良繭的數量都算得清清楚楚，要是數量短少，就再也瞞不住了。」

要是發生那樣的狀況，宮女們勢必會受到懲罰。因此大家都是一顆心七上八下，不知該如何是好。

「宮女因蠶祟而死，卻盜其蠶繭……？」

壽雪嘴裡咕噥。

「失繭之事便瞞得一時，久必為鶴妃所知。」

「娘娘說得是。鶴妃娘娘的蠶室每年養蠶三輪，分別在春季、夏季及秋季。今後要是經常發生這種事，我們這一群宮女可就吃不了兜著走了。」

秋兒說完之後，以袖子摀住了臉。

壽雪沉吟半晌後說道：「此事急迫，若真為幽鬼所為，當先於蠶室內樹一結界，使幽鬼難近蠶室，方可細查內情。」

「能夠讓幽鬼無法靠近蠶室嗎？」

秋兒抬起頭來問道。

「吾須見此幽鬼，方可斷言。」

「那就……有勞娘娘了。」

秋兒興奮得差一點伸手拉住壽雪的手，但她的表情馬上又沉了下來。

「烏妃娘娘，還有另外一個問題。」

「但說無妨。」

「被幽鬼拿走的繭……如果是從這世上消失，那也就罷了，但要是被幽鬼拿去某處丟棄，那可就糟糕了。」

「此話何解？」

「蠶室裡養的蠶，都是賀州之蠶，與這裡的蠶並不相同。要是那繭中的蠶在羽化後與本地的野蠶或家蠶雜交，品種會亂掉的……」

「唔……原來如此。」

這確實也是一個問題。

「既是如此，失繭亦須儘速尋回。」

「那兩顆繭再過十多天就會羽化，在那之前一定要趕快找回來才行……」

秋兒再度摀住了臉。這突如其來的災厄，正令她感到不知所措。

「何不對晚霞……對鶴妃據實以告？吾觀晚霞為人，當不致重罰汝等。」

「……鶴妃娘娘或許不會重罰，但是……」

秋兒垂下了頭，低聲呢喃道：「她的父親就……」

「汝等所懼者，乃晚霞之父，沙那賣當家？」

「是的……」秋兒的視線在半空中游移。「鶴妃娘娘的父親相當嚴厲，連鶴妃娘娘也不敢違拗。要是父親下令嚴懲，鶴妃娘娘必定會遵從……」

——朝陽是曾經讓女兒晚霞選擇「要自己還是養女活著」的男人。

沙那賣一族受到了神的詛咒，當家的么女到了十五歲必定難逃一死。為了保住晚霞的性命，朝陽領養了一個少女，當成晚霞的妹妹，晚霞懇求父親設法拯救這個養女，朝陽卻告訴女兒「妳只能以自己的命來換她的命」。最後養女死了，晚霞活了下來。壽雪不禁感到好奇，強迫女兒做出這種抉擇的沙那賣朝陽，到底是個什麼樣的男人？

秋兒忽然以袖口摀住了嘴，說道：

「對不起，是我胡言亂語，請忘了我剛剛說的話。」

最後壽雪答應明天到蠶室看一看，秋兒便告辭離開了。

「鶴妃娘娘是個溫厚的人，但她的父親好像相當嚴格呢，連宮女也怕成這樣。」

秋兒一走，原本默默站在旁邊的九九立刻說起話來，彷彿已經憋了很久。

「妃嬪舉措，必帶其家之風……」

壽雪不禁轉頭望向槅扇窗，當然，從這裡是看不到泊鶴宮的。

倘若朝陽能夠掌控晚霞……不，應該說是整個泊鶴宮，貿然接近絕對不是一件好事。

——高峻一定明白泊鶴宮的狀況吧。

壽雪的腦海浮現了那個面無表情的年輕皇帝。不管是妃嬪的事，還是其老家的事，都輪不到自己擔心。打從一開始，烏妃就是個與世隔絕之人。

「……」

壽雪瞇起了雙眼，凝視著窗外的無盡夜色。

泊鶴宮的後頭可看見一大片蒼翠的樹林。

「此便是桑林？」

壽雪低聲問道。

「是的。」溫螢在背後回答。此時壽雪正帶著溫螢前往蠶室。「這片桑林是前朝留下來的，雖然蠶室有一段時期被拆除了，但桑林一直有人定期照顧。」

「後宮何故養蠶取絲？」

「與其說是後宮的蠶室，不如說是宮城內的蠶室。除了這裡，外廷也有蠶室。聽說外廷的蠶室還會進行品種的改良與研究。原本皇室一族所用的生絲，都是由那裡產出的。」

「然則後宮蠶室所造生絲，當為后妃之用？」

「是的，聽說從前是一座很大的蠶室，現在已經小得多。」

壽雪聽溫螢這麼說，原本以為那應該是一間不太起眼的小屋，但來到蠶室前方一看，才知道那規模遠比自己的想像要大得多。雖然不像妃子的宮殿那麼壯觀華美，卻也是三棟殿舍相連，屋頂鋪著琉璃瓦片，周圍以土牆環繞。前方的第一棟殿舍不時傳出宮女們的作業聲及說話聲，後頭的殿舍則有好幾名宦官捧著薪柴來回奔走。

「前面是蠶室，後頭是儲桑室。」溫螢向壽雪說明道。

溫螢經常受衛青的指示前往後宮各處擔任間諜，因此對於後宮的大小事情可說是瞭如指掌。他有著一張俊美的臉孔，雙眸帶著一絲冷酷，就連臉頰上的一道刀疤看起來也像是裝飾品。但是他不僅相當擅長護衛工作，而且辦事周到謹細，作風低調內斂，可說是擔任侍從的不二人選。

壽雪於是走向了正前方的蠶室。還沒跨上臺階，殿門竟然自己開了，裡頭一名宮女匆忙奔了出來，正是秋兒。「有失遠迎，請娘娘恕罪。我一直在注意著門外，但您這身打扮，我還以為是宦官……」

「無妨，吾正欲人不知吾身分。」

為了不驚動泊鶴宮裡的人，壽雪故意穿上了宦官的服色。這樣的打扮，不管做什麼事都方便得多，只是難免引來九九的埋怨。

壽雪一行人走進蠶室一看，裡頭有一群宮女正忙著採繭。她們一得知眼前這個宦官竟然是烏妃，全都停下了手邊的工作，朝著她跪下行禮。

「無須多禮，勿令他人生疑。」

壽雪吩咐道，宮女們於是各自回到自己的工作崗位。蠶室內有著一排排的棚架及長桌，長桌上擺著一座座以稻草編成的蛇腹狀物，一見那上頭掛著一顆顆的蠶繭，壽雪登時明白那就是昨晚秋兒所說的蠶蔟。此時好幾名宮女正將蠶繭從蔟上取下，放入盆中。

「現在這個步驟叫做收繭。等結束後，就要清除繭上的蓬絲，將繭分為良繭與劣繭。良劣之分，只在於適不適合製作成生絲，像兩隻蠶兒合結一繭的『同功繭』，或繭壁太薄、破洞、受尿液或體液汙損、有蔟痕，或是蛹已經在裡頭腐爛的死繭，都必須挑除。」

秋兒向壽雪解釋道。

「挑選出來的良繭，還要分成兩批，一批用來取絲，一批使其羽化產卵。製作出來的生絲會上繳給鶴妃，再由鶴妃進獻給陛下。」

「良繭之數，一顆不得短少？」

「是的……」秋兒垂下了頭說道。換句話說，現在正是最緊要的關頭。壽雪伸手在頭上一摸，這才察覺頭上並沒有牡丹花，明明已經有好幾次裝扮成宦官的經驗，卻總是會忘記。

壽雪於是改為伸手向前，一股熱流逐漸凝聚在掌心。淡紅色的煙霧在掌上輕輕搖曳，互相纏繞，逐漸幻化出一枚枚的花瓣，凝聚成了一朵牡丹花。接著，她朝牡丹花輕吹一口氣，牡丹花隨即化成了煙霧，飄向四周圍，一縷縷輕煙在宮女們之間穿梭繚繞。

最後那淡紅色的煙霧逐漸凝聚到一起，變成了人形。從外貌看來無疑是個女人，髮髻上插著一根樸素的簪子，膚色白皙，面部修長，兩道眉毛像是用筆畫出來的一般清晰工整，眉毛的下方是一雙薄薄的眼皮。她身上的長衣雖然不是當今的宮女服色，但簡樸中不失高雅，看得出來是宮廷衣著。

秋兒不禁發出一聲輕呼，趕緊摀住了口。

「她……就是我看見的那個宮女幽鬼。」

其他宮女們也都不禁停下了手邊的動作，瞠目結舌地看著那幽鬼。片刻之後，那幽鬼竟然動了，她靜悄悄地走向殿門，沒有發出一絲聲響。壽雪微微閃身，讓她通過，然而到了門邊，幽鬼忽然又消失了，就像是被門吸了進去一般。

——她到殿外去了！

「烏……烏妃娘……」

「快追！」

秋兒話還沒有說完，壽雪已對溫螢急促下令。溫螢一個箭步衝上前，打開了殿門。來到了殿外，只見幽鬼的背影就在圍牆邊，正要走出院門，壽雪趕緊追了上去。幽鬼的走路方式跟活人沒有什麼不同，只是不會有腳步聲及衣服摩擦聲，衣襬或袖襬也不會翻舞或搖曳。像這樣一名幽鬼如果只是站在眾宮女之間，恐怕就連身旁的宮女也不會察覺那是一名幽鬼。如此想來，在後宮的眾多宮人之中，就算混進了幾個偽裝成活人的幽鬼，或許也不會有人發現。

那宮女幽鬼離開了䥶室，繼續往北方走去，來到了後宮的郊區。這一帶放眼望去到處是未經修整的樹木，一個人影也沒有。

壽雪持續跟隨著幽鬼，最後她在一小塊空地停下了腳步。空地上有一座小小的土堆，看起來像是墳塚，上頭布滿了青苔與雜草，幽鬼就站在土堆前，自頭頂上灑落的陽光，將土堆上的青苔照得微微發亮。不一會兒，幽鬼便消失得無影無蹤，彷彿被吸入了土堆之中。

——這是誰的墳塚？

應該不會是那個幽鬼的，區區一介宮女，死後不太可能埋在後宮。

「塚內何人？」

壽雪轉頭問溫螢，後者難得也露出了納悶的神情。

「請給下官一點時間調查。」

「勞汝費心。」

兩人簡短交談了幾句後，壽雪接著環顧四周。附近一帶全是樹木，有些是藤蔓纏繞的老木，有些是枝葉茂盛的壯木，還有一些則是已經傾倒的朽木，四下一片死寂，沒有半點聲音。但地上的雜草明顯有過受到踐踏的痕跡，顯然偶爾還是會有人來到此地。活人來這裡做什麼？難道是來掃墓，弔慰死者在天之靈？壽雪觀察了一陣子之後，轉身回到蠶室。

秋兒正站在剛剛那間蠶室前，臉上一副不知如何是好的神情。其他的宮女都已不知去向，一問之下，原來是到其他房間清除繭上蓬絲了。

壽雪將幽鬼在塚前消失一事告訴了秋兒，秋兒表示她過去從不知道那一帶有墳塚，當然也不清楚塚中之人的身分。

「後宮的郊外不太安寧，我一個弱女子，沒事不會去那種地方……」

壽雪心想，這麼說也對。

「拒此幽鬼於蠶室之外，並非難事，然……」

壽雪頓了一下，不知該如何接下去。這件事情絕對不是只要把幽鬼擋在蠶室外就行了。別的不提，至少還得把遺失的蠶繭找回來。

「請烏妃娘娘救救我們。」秋兒對著壽雪拜倒在地，這讓她不禁有些困擾，自己並無神佛之力，就算受到膜拜，也沒有辦法解決所有問題。

「……也罷，當務之急，乃樹一結界。待查得墳塚詳情，另作別圖。」

壽雪從懷裡取出一捆纏繞在短棍上的絲線，來到了外廊上，將絲線的一端交給溫螢，說道：「汝立於此地勿動。」

接著將那絲線沿著地板繞行蠶室一圈，回到原地後將兩端綁合，結界便完成了。這不是烏妃之術，而是巫術師之術，但過去她也曾用過好幾次。

這些術法都是由上一代烏妃麗娘傳授給壽雪。在巫術師能夠自由進出後宮的前朝時代，這些應該都是巫術師的工作，顯而易見，當時巫術師在後宮一定相當受到器重吧。

——不，想必不只是器重而已。

壽雪的耳畔響起了寶物庫管理者羽衣所說的話。

——當發生萬一的情況時，可用來抵禦烏漣娘娘。

——如果沒有能夠抗衡的力量，實在無法安心……

巫術師在前朝受到重用，想必有其理由。

「此線勿令斷絕，偶踏之無妨。」

壽雪如此告訴秋兒後，來到了門外。外頭竟然聚集了好幾名宮女，全都朝她跪了下來，壽雪霎時手足無措。

「烏妃娘娘，感謝您的大恩大德。」

「區區小事，無須如此厚禮。若為外人知悉，吾不便矣。」

但是宮女們還是遲遲不肯起身，直到壽雪走出院門。似乎自從當初救了晚霞之後，泊鶴宮的宮女們就對烏妃崇拜有加。明明只是個凡人，卻被當成了天神一般景仰。

「失落之繭，卻在何方……？」

離開蠶室之後，壽雪忍不住停下腳步，轉頭看了一眼。

在秋陽的照耀之下，桑林顯得柔和而翠嫩，到處都有枝葉遭剪除的痕跡，多半是為了取葉以供蠶食吧。

——雖然尋找遺失物是自己的拿手好戲，但是……

要找出遺失的蠶繭，卻不是一件容易的事。最大的差異，就在於蠶繭不能算是有主之物。只要是有主人的物品，就可以循線找回，但這樣的手法並不適用於尋找蠶繭……

「溫螢。」

壽雪望著眼前的桑林，朝身後的溫螢說道：

「墳塚之外，尚有一事望汝細查。」

「請娘娘吩咐。」

溫螢應道。

❀

這天晚上，壽雪難得先接到了通知。

「今晚大家將駕臨。」

一名年幼的宦官來到夜明宮如此說道。這時的時辰還不到初更❶。

壽雪心裡想著「事先通知只是增添麻煩」，但是對前來傳話的宦官抱怨這種事也沒有用，因此只是淡淡說了一句「好」。

年幼宦官瞥見正在房間角落拿飼料給星星吃的衣斯哈，忽然發出了「啊」的一聲輕呼。衣斯哈看見那年幼宦官，也露出了相同的表情。

「汝兩人相識？」壽雪朝衣斯哈問道。

「當初我跟他都是凝光殿的宦官。」衣斯哈回答。凝光殿是高峻的居所，而衣斯哈曾經在那裡當過一陣子的跑腿雜役。

衣斯哈跟那少年似乎交情不錯，兩人相視而笑。見到這幕，壽雪不禁揚起了嘴角。

片刻之後，少年這似乎才想起了自己的身分，趕緊說道：「失禮了，請娘娘恕罪。」接著作了一揖，轉身便要離去。

壽雪將他喚上前，抓起一把盆裡的水煮栗子，塞進他那小小的手掌心。只要能夠讓衣斯哈開心，或許以後該多多讓這個孩子前來傳話。她如此心想。但是下一瞬間，卻又因這個想法感到不安——這是身為烏妃該有的心態嗎？

之後九九便到廚房煮茶去了，衣斯哈則回自己的房間歇息。就在煮好了茶的同時，高峻抵達了夜明宮，似乎早已算準了這一刻。

「近來好嗎？」

高峻端起冒著溫和熱氣的茶杯輕啜一口茶，淡淡地問道。口吻看似冰冷，卻帶了一絲絲不易察覺的暖意，宛如冬天的陽光。

「一如往昔。」

壽雪回答得絲毫不帶感情。對此高峻的表情一如往常沒有任何變化，反倒是站在他身後的衛青不滿地揚起了眉毛。壽雪轉頭望向衛青，後者卻故意將頭別向一旁，令壽雪不禁感到有些納悶，若是平時的衛青，此時早已對著自己露出咬牙切齒的神情來了。當然這人不再像以前那樣目露凶光，對她來說也是好事一樁。

小几上擺著高峻帶來的糖漬蓮子。這是壽雪最喜歡的甜點之一，他已帶來過好幾次。她將一口裹著白色糖霜的蓮子送進嘴裡，凝視著高峻的臉，低聲說道：

「……汝近來安好？」

---

1 晚上七點至九點。

「朕嗎？」

高峻露出了些許意外的眼神。

「汝以此話相詢，故吾亦以此話問汝。」

「原來如此……朕近來……」

高峻微微低下頭，思考該如何回答。認真回答每一個問題，正是他的個人風格。

「正為了與梟交談的問題而傷透腦筋。」

——梟！

他是曾經企圖殺死壽雪的幽宮劊子手，亦是如今被封印在壽雪體內的烏的兄長。

「與梟交談？」

梟打破了不得干涉人世的禁忌，因此如今遭囚禁在幽宮的監牢內，靠著大海螺的力量，才能與高峻對話。而且唯有曾經遭梟傷害的高峻，才能聽見其聲。

「大海螺的力量會受潮汐起伏及海浪變化的影響。聲音傳來的時候，朕不見得剛好在大海螺的旁邊。問題是朕又不可能隨時把大海螺帶在身邊。」

如果是一顆小小的貝殼，或許還有可能隨身攜帶。但那大海螺如此碩大，高峻身為皇帝，如果隨時帶著那個東西，還不時朝它說話，肯定會被認為是瘋了。

「……梟既向吾等求計，彼必束手無策，多言何用？」壽雪說道。

梟要求高峻好好思考，能否在不殺死壽雪的情況下，把烏從壽雪的體內救出來。

「那也不見得。一定有很多只有他才知道，我們卻不知道的事情。為了確認他到底知道些什麼，朕必須與他多談一談……」

「此事甚難，吾豈有對策？」

「是妳問朕近況，朕才說了。」

「吾非欲問汝此事。」

「不然妳想問的是什麼事？」

壽雪不禁語塞，心裡也不知道自己到底想問什麼。

「……吾問汝近況，汝何答非所問？」

「朕不是回答妳的問題了嗎？」

「吾問汝事，非問梟事。」

「妳的問題真難回答。」

高峻淡淡地說道。接著他又沉吟了一會兒，開口說道：

「朕最近跟妳一樣，沒有什麼變化。這陣子晚上睡得很熟，精神還不錯。」

「甚好。」

壽雪根本不知道自己想問的是什麼，只好這麼敷衍過去。不過高峻這句話，確實讓壽雪心滿意足。或許這就是自己一開始想知道的答案吧，偏偏這個人很少主動說起自己的事。

「過陣子沙那賣的當家會從賀州上京。為了準備這件事，朕最近還挺忙的。」

「沙那賣朝陽欲至京師？」

「是啊，來獻蠶種。」

蠶種指的就是蠶的卵。

「賀州蠶種？何以不獻生絲，卻獻蠶種？」

「因為發生了上次那件事，他想要將功贖罪。」

被迫隱居的朝陽叔叔為了奪權，策劃了一連串的事件，卻導致過去的種種殺人及貪瀆惡行遭到揭露。朝陽為了自保，親手斬下了叔叔的首級。由於叔叔曾經私吞應該要上繳的租稅，沙那賣一族遭受牽連，受到了相當重的懲罰。

「沙那賣的蠶種向來絕不外流，朕一直希望能夠取得，但總不能暴取豪奪。這次朝陽為了將功贖罪而進獻蠶種，對朕來說實在是意外的收穫。」

壽雪聽高峻說得輕描淡寫，心裡暗想，多半是高峻以這次的事件為籌碼，要脅朝陽交出蠶種。

「賀州生絲質佳，故汝欲其蠶種？」

「不僅色澤較佳，而且質地堅韌。宮廷蠶室雖長年研究改良，但其他地方的蠶所吐出的絲都不像賀州蠶絲那樣油亮有光澤。這次朝陽要進貢的蠶種，更是沙那賣蠶中的最上等品種，朕打算以此品種加以改良，將來統一整個霄國的蠶種。」

高峻的口吻雖然平淡，卻流露出了強烈的野心，他很少像這樣針對一件事情說出這麼長的評論，這不禁讓壽雪感到有些新鮮。但同時她也注意到了一件事，那就是竟然連皇帝也如此渴望獲得沙那賣的蠶種。

——看來沙那賣蠶的價值遠比自己的預期要高得多。

「在這後宮之中，其實也有蠶室。」

高峻突然說出這句話，令壽雪心中一突。既然沙那賣蠶有那麼高的價值，看來蠶室出現幽鬼及蠶繭失落的事情還是別告訴高峻比較好。

「現在後宮蠶室所飼養的蠶，正是沙那賣蠶，由鶴妃負責管理。」

「噢……」壽雪怕說出不該說的話，只是應了一聲。

「鶴妃似乎在賀州的時候，就有養蠶的經驗，對蠶的習性相當瞭解。」

「噢……原來如此。」壽雪應道。當初九九似乎也曾提過類似的話。

「妳不是跟鶴妃很熟嗎？妳不知道這件事？」

「近日極少往來。」

只要沒有人邀約，壽雪很少主動拜訪其他宮。前陣子晚霞經常邀請壽雪到泊鶴宮作客，但是這陣子卻是音訊全無，完全斷了往來。

「是嗎？近來鶴妃頗有微恙，妳有空可以去探望她。」

「頗有微恙？」

壽雪驀然想起了上次的事件。難道是當時的詛咒還沒有完全解開？

「妳別想太多……」高峻否定了壽雪心中的疑慮。

「似乎只是氣鬱而已。或許是這陣子天氣突然轉涼，影響了心情。」

「汝未曾前往探視？」

「朕去過了，還寫了慰問信。」

壽雪心想，這個男人果然做事周到。

「等等朕還會再去看她。」

「既是如此，何不速去？吾無病無恙，不須探視。」

「朕原本也不打算久待，只是突然想來看看妳。」

——又來了，高峻的一句話，經常會讓壽雪愕然無語，不知如何回應。

壽雪見高峻站了起來，便細細觀察他的神色，但這人依然面無表情，看不出絲毫情緒變化。待高峻走到了殿門口，忽然又轉頭說道：

「對了，那封一行……」

封一行是前朝的皇帝直屬巫術師，如今已是個龍鍾老人。他因將梟的使部宵月送進後宮而遭通緝，前陣子在花街落網。

「他的燒已經退了，身體正逐漸康復。再過一陣子，妳應該就能跟他見面。」

或許是遭到逮捕的時候淋了雨，也或許是積鬱成疾，封一行在落網之後就病倒了，由於年事已高，就算是一點小病也不能輕忽大意。於是高峻下令將他移至內廷，派人嚴格監視並且細心照看。

壽雪得知封一行的病情好轉，不由得鬆了一口氣。關於巫術師的事情，以及關於烏妃的事情，她有太多話想要問問這個人物。

「朕會再來。」

高峻最後說了這句話，便走出了門外。而後壽雪起身走到門邊，將門板拉開一道縫隙，目送高峻及宦官們的隊伍離去。此時太陽已西墜，宦官們手中燈籠的朦朧火光，在黑暗中左右搖曳著。

壽雪卻只是愣愣地站著不動，看著逐漸遠去的燈火。半晌之後，她發現正有另一道火光從完全不同的方向緩緩靠近夜明宮，再凝神細看，終於看出那是個提著燈籠的宮女。

——秋兒！

壽雪於是走下臺階，迎上前去。秋兒一看見烏妃，趕緊跪下行禮。

「烏……烏妃娘娘！」

「莫非幽鬼復出？」

「不……不是的……」

即使靠著微弱的火光，也可看出秋兒的臉色發青。加上顫抖的聲音，在在證明她一定遇上了某種可怕的異常事態。

然而自秋兒口中說出的話，卻完全出乎了壽雪的意料之外。

「……這次我委託娘娘的事情，請娘娘當作沒有發生過吧。」

「咦？」

「懇請娘娘別再理會那個幽鬼的事了……」

壽雪說道：

「何出此言？究竟發生何事？」

「什……什麼事都沒有發生。懇請娘娘見諒。」

秋兒接著又重複說了好幾次「懇請娘娘見諒」，像逃命一樣轉身快步奔逃離去。壽雪默默看著秋兒的背影，心裡明白絕對不可能什麼事都沒發生。

——到底發生了什麼事？

隔天早上，壽雪再度換上宦官服色，前往了蠶室。畢竟在見到秋兒那驚恐至極的神情後，自己實在不能置之不理。

在出發前往蠶室之前，為了由誰隨侍的問題，夜明宮內發生了一點小小的爭執。

「昨天是溫螢陪娘娘去的，今天該換我了吧？」

最初是淡海這麼起鬨，一旁的九九聽了，立刻反駁道：

「與其帶淡海去，不如帶我去。」

「『不如』是什麼意思？妳有辦法保護娘娘的安全嗎？」

「你太愛偷懶了，我可不放心娘娘只帶你一個人。」

看來九九跟淡海也有一點處不來。壽雪明白如果參與他們的爭吵，今天大概就別想出門了，於是說道：「由溫螢隨吾一往。」

九九一聽是溫螢，立刻便退讓了，說道：「既然是溫螢哥，我就放心了。」唯獨淡海一直到最後依然嘀嘀咕咕個不停。

「讓娘娘見笑了，晚一點下官會把淡海好好責罵一頓。」

前往蠶室的路上，溫螢向壽雪致歉。

「三人同往亦無不可，但恐人多易引人生疑。」

「好啦，那我會低調一點。」

旁邊突然有人說了這麼一句話。

壽雪停下腳步，轉頭一看，淡海竟然從樹叢之間走了出來。

「汝尾隨吾兩人至此？」壽雪不禁有些錯愕。

「淡海。」溫螢的嗓音雖然低沉，口氣卻極為嚴峻，勝過厲聲喝罵。如果是衣斯哈被溫螢這麼一叫，肯定會哭出來吧。

「娘娘，我是妳的護衛，卻每次都被留在夜明宮，我這護衛當起來一點意思也沒有。何況一個人被丟著不理的感覺，也實在很寂寞哪。」

壽雪聽到「寂寞」兩個字，心裡也覺得有些對他過意不去，於是說道：

「……既是如此，汝亦隨吾一往，但須謹言慎行，勿招人目光。」

「沒問題。娘娘，妳會發現我很有用。」

「淡海……」溫螢雖是輕聲細語，冷峻的程度與剛剛比起來卻是有過之而無不及。淡海只當作沒聽見，滿不在乎地走在溫螢的旁邊。

淡海向來是個我行我素的人。正因為溫螢是個恭謹、低調、恪守本分的隨從，更是凸顯出了此人的任性，過去壽雪的身邊，從來不曾有過像淡海這樣的人。淡海很清楚自己想要什麼、想做什麼，在壽雪的眼裡，這是自己所沒有的優點。雖然因為不習慣的關係，有點不知道該如何與淡海相處，但是另一方面，自己也對淡海這個人相當感興趣，甚至覺得高峻應該稍微學一學淡海的奔放不羈。

「溫螢，墳塚之事，可有所獲？」

壽雪一邊走一邊問道。

「有個老宦官說，那是蠶塚。」

「蠶塚？」

「據說從前的人會把還沒有長大就死掉的蠶兒，以及為了取絲而殺死的蛹扔在那個地方，後來變成了一座祭祀蠶的墳塚。」

「簡言之，便是埋蠶之處？」

「是的，不過現在的蠶室都把蛹賣給了鯉魚商人，已不再埋入塚中。」

「鯉魚商人？」

「聽說蠶蛹是絕佳的鯉魚飼料。每次蠶室宦官都會把一袋袋死蛹從蠶室搬運出來。」

壽雪心想，原來蠶蛹還能當作魚的飼料。這聽起來比丟棄要好得多。

「蠶塚幽鬼……」

壽雪低聲呢喃。棲息在蠶塚內，經常到蠶室照顧蠶兒的幽鬼，難道人已經死了，蠶的詛咒卻沒有結束？

——但是那幽鬼看起來是如此純淨。

不帶半點陰鬱之氣，讓人感覺不到一絲怨毒與悲悽的幽鬼；只是默默到蠶室照顧蠶兒，結束後又默默回到塚中的幽鬼；如此靜謐、如此安詳的幽鬼。

「……另一事可有斬獲？」

除了墳塚的事情之外，壽雪還委託溫螢調查另外一件事。

「在蠶室工作的宮女共有十五名，忙碌的時候還會再追加五名。全部都是泊鶴宮的宮女，蠶室的工作結束後，就會回到泊鶴宮。」

「皆非賀州出身？」

「是的，幾乎都是京師的商家、鄰近的富農及士大夫的女兒。主要管理蠶室的幾名都是富農之女，京師的農家大多也養蠶，在入宮後，鶴妃還親自教導她們賀州的養蠶之法。」

「原來如此，區區半日可探得如此成果，實屬不易。」

「謝娘娘誇獎。」溫螢微微一笑。

「呵呵，原來娘娘在疑心那些宮女。」

淡海插嘴說道。

「妳懷疑取走蠶繭的不是幽鬼，而是宮女，對吧？」

不愧是淡海，立刻就聽出了端倪。基於這樣的懷疑，壽雪才會命令溫螢徹查宮女們的出身背景。

「若繭為幽鬼所盜，必早有傳聞。往昔不曾有幽鬼盜繭傳聞，足見盜繭者另有其人。況且賀州沙那賣蠶乃珍貴之物，必有人暗盜其繭，卻假托幽鬼。」

「有機會做這種事的人，必定是負責蠶室工作的宮女。」

「失繭之時，宮女皆在，外人應無可乘之機。秋兒雖言失繭時曾遍搜蠶室並眾人之身，然小小蠶繭，藏之何難？是故此事應為宮女自盜，而非外人所為。」

「既然如此，娘娘接下來應該是要把那些宮女們抓起來好好拷問？」

「吾不為此暴行。但有一人，吾欲喚來細問。」

「那個叫年秋兒的宮女？」

「非也……溫螢。」

溫螢露出一副瞭然於胸的神情，點頭說道：

「遺失蠶繭當天，聲稱看見幽鬼的宮女身分，下官已經查出來了。」

壽雪漾起了笑容。溫螢果然是個善體上意的隨從。

「就是那個宮女偷走了繭？」

淡海問道。

「若盜繭之人當真為宮女，必然稱是幽鬼所為。」壽雪說道。

「但是既然真的有幽鬼，剛好在那天出現也不是什麼不合理的事情，不是嗎？搞不好是其他宮女趁著出現了幽鬼的騷動，偷走蠶繭……啊，等等……那個宮女聲稱有幽鬼，是在已經發現有繭遺失之後？如果是這樣的話，就不可能是其他宮女趁亂下手了。」

淡海說到後來，自己回答了自己的問題。

「然也。若為趁亂盜繭，當幽鬼出現之時必然趁勢鼓譟，以分他人之心。然而當日未曾有此騷動，眾宮女乃是先知蠶繭遭竊，方知有幽鬼。」

「所以娘娘認為必定是宮女先偷了蠶繭，才想嫁禍給幽鬼？」淡海說道。

「吾亦無確證，僅疑心耳。」壽雪說完這句話，轉頭問溫螢：

「此宮女是何身分？」

「富農之女。」

「既是富農之女，於養蠶農家應有熟識之人。」

如果沒有養蠶農家的門路，就算得手了一、兩顆蠶繭，也不知道該賣給誰，更沒有辦法使其羽化繁殖。

「遭竊蠶繭雖不知雌雄，但與養蠶農家之蠶雜交，亦可得沙那賣蠶血脈之混種雜蠶。若失竊蠶繭恰為雌雄一對，更可得純種沙那賣蠶……此蠶不復為沙那賣一族所獨有。」

「……聽起來好像很嚴重。」淡海搔著頭說道。

「確實嚴重……沙那賣朝陽不日上京，若蠶種已然外流，必生事端。」

幸好這裡是後宮，任何人想要與外界聯絡都沒有那麼容易。那失竊的繭，必定還藏在後宮中的某處。

「這件事最好快稟報大家……不，應該先告訴鶴妃。」

「在此之前，吾欲知此事是否為宮女所為。秋兒神色有異，亦令吾掛心不下。」

「那個叫秋兒的，突然跑來對娘娘說，要娘娘別再理會幽鬼的事情？」

「……汝對此事有何見解？」

「只有一種情況，會讓人出現這種反應。」

淡海微微揚起嘴角，接著說道：

「遭受威脅的時候。」

三人來到蠶室前，決定分頭行動。由溫螢避開秋兒的目光，偷偷把當初聲稱看見幽鬼的宮女喚出殿外。壽雪與淡海則躲在殿舍後頭的陰暗處，等待他的歸來。

今天壽雪所走的路線，與昨天截然不同，三人先繞到了後側的院門，躡手躡腳地進入門內。眼前的殿舍，是從前方院門看時的最後一棟殿舍，就跟昨天一樣，殿舍外有好幾名宦官正忙進忙出。此時所有的殿門都被打開了，看樣子現在似乎是打掃時間，有些宦官正把桑樹枝搬到殿外，有些宦官則拿著掃帚掃地。

「此殿為儲桑室？」

「是啊，照顧蠶兒的工作大概已經做完了，現在正在打掃。」

壽雪看見不遠處有一名宦官正在以繩索綑綁桑樹枝，於是朝他喊了一聲。那宦官相當年輕，雖然身材矮小，但長得眉清目秀。通常能夠被選為妃子的宮內宦官，相貌都不會太差。那宦官以為壽雪也是宦官，一邊擦著汗水，一邊粗魯地問了一句：「幹什麼？」

「此樹枝為無用之物？將棄之於何處？」

「你在說什麼傻話？」那宦官瞪著眼睛說道：「這後宮裡的所有東西，都歸大家所有，沒有一樣東西是無用之物。這些桑枝可以製作成染料，也可以當成柴薪。」

「原來如此，蛹則為鯉魚之食？」

「沒錯。」

宦官扛起綑好的桑樹枝，走到了院門邊，那處已堆放了相當多捆。壽雪心中不禁佩服這種物盡其用的做法，同時朝著蠶室的方向邁步。養蠶的殿舍裡頭一個人也沒有，因為此時裡頭已經沒有尚未結繭的蠶，另外一間房間裡，則不斷傳出作業聲。

「選繭的作業已經結束了，今天的作業應該是抽絲。」

淡海說道。壽雪一聽，停下腳步問道：

「汝深知蠶飼之道？」

「稱不上深知，只是我的老家也會養蠶，所以略知一二。在我們的領……在我們那地方，只要是較大的宅邸，大多會有自己的蠶室，用來生產自用的絲綢。」

——他剛剛是不是想要說「在我們的領地」？

壽雪轉頭望向淡海。他曾經說過，在成為宦官前，他是一名盜賊，但是在成為盜賊之前，又有著什麼樣的身分？在遭到官吏逮捕後，淡海因為五官端正，被送進了宮裡當宦官。光從這一點，便可以知道其外貌在中人之上，不僅英俊，而且帶著幾分高雅的氣質。

或許在成為盜賊之前，他是個名門子弟也不一定。但除非淡海自己說出，否則壽雪絕對不會主動追問。

「……抽絲之意，應指取繭之絲？」

壽雪一面走向殿舍的後門，一面問道。

「先將繭煮過，然後挑出絲頭，拉成一長條的絲線。我小時候曾經看過，那可是需要相當熟練的技術。除了把蛹煮死之外，還可以用曝曬的方式，將裡頭的蛹殺死。但是繭還是要先煮過，才能產生特殊的光澤。」

「原來如此。」壽雪心想，難怪槅扇窗內正冒出陣陣水蒸氣。她正專注地看著，背後突然傳來了呼喚聲。

「娘娘。」

說話的人正是溫螢。他的背後跟著一名宮女，應該就是他所說的那宮女吧。

「她就是蠶繭遺失的那天，看見了幽鬼的宮女……」不知道為什麼，溫螢的神情似乎有些遲疑。「關於她所看見的幽鬼，她說有一件事想要稟報娘娘。」

壽雪不禁愣了一下。這又是怎麼一回事？

宮女行了一禮，說道：「小女子名叫萬若萃。」昨天在蠶室裡，壽雪也曾見過這名宮女。只見她雙眉下垂，看起來是個溫厚內向的少女，一對臉頰宛如蠶繭一般光滑白皙。

「汝有事告吾？」

「是的……」若萃恭敬地道：「其實昨天就應該稟報娘娘，但我一直很猶豫……」

「為何猶豫？」

「因為……不太一樣……」

「不太一樣？」

「那個……」若萃說得吞吞吐吐，似乎是不知該如何措詞。只見她一邊比手畫腳，一邊急躁地說道：「幽鬼……不一樣。」

壽雪沉默了半晌，愕然問道：

「幽鬼不一樣？昨日那幽鬼，非汝所見幽鬼？」

「沒錯，我就是這個意思。」若萃連連點頭。

——這是怎麼一回事？

「發現蠶繭遺失的當下，我們正在檢查繭的狀況。簡單來說，就是仔細查看蔟上每一顆繭的狀況，然後記錄下來。不管是哪一個飼養階段，記錄的工作都相當重要，唯有確實做好記錄的工作，才能從中檢討改進，獲得更多的良繭。我原本相當認真地檢查著每一顆繭，但卻突然感覺站在對面的那個宮女似乎有一點陌生，於是我抬頭一看……發現那是個從來沒見過的女人……」

若萃頓了一下，接著說道：

「我早就聽說蠶室有時會出現幽鬼，所以馬上便猜到了。雖然我記不太清楚那個幽鬼的穿著打扮及髮髻形狀，但可以肯定，跟昨天出現的那個幽鬼完全不一樣。我所看見的那個幽鬼，年紀幼小得多，長得相當可愛，有一張圓滾滾的臉，還有一雙大眼睛……而且……」

若萃略一遲疑，接著說道：

「那個幽鬼的臉上，似乎化著淡妝。為了避免蠶兒及蠶室內的器具被脂粉汙染，我們這些在蠶室工作的宮女是不能化妝的。尤其是在結繭時期，化妝更是大忌。要是胭脂白粉弄髒了繭，那可就糟糕了。」

「那幽鬼卻施脂粉？」

「是的……當時正是最忙碌的時候，我雖然發現了幽鬼，卻沒辦法停下手邊的工作。而且因為太過驚恐的關係，也不敢發出聲音。該怎麼說呢……我怕一發出聲音，那幽鬼就會發現我正在看她……所以只能盡量不以正眼瞧她，並且以眼角的餘光注意著她的一舉一動……過了一會兒，那個幽鬼就走到了別處……」

「走？此幽鬼乃是步行，非倏然消失？」

「她並不是像煙霧一樣突然消失，只是離開了我的視線範圍。當時大家都很忙，那個幽鬼一離開，就混入了人群之中，不知去了哪裡。不久之後，就傳出了蔟上的繭不知去向的消息，大家亂成了一團。」

壽雪暗自思量，如果這名宮女就是偷走蠶繭的人，就沒必要對自己說這些話，只要一口咬定她看見的是幽鬼就行了。即便她在說謊，自己也沒有任何證據可以戳破她的謊言。如果她是一個膽子很大的人，她會從頭到尾堅持自己的說法；而如果她的膽子很小，她會坦承自己撒了謊。不論是哪一種情況，她都不會對自己說出剛剛那些話。

「……昨日何不據實以告？」

「一來擔心有可能是自己搞錯了，二來害怕連我也遭到幽鬼詛咒……」

「遭到幽鬼詛咒？連妳也？因何有此疑慮？」

「呃……因為昨天晚上……又發生了一場幽鬼騷動……」

「幽鬼騷動……」

壽雪聽到這裡，心中恍然大悟。

——原來是這麼一回事。

於是壽雪向若萃說道：

「煩勞汝喚年秋兒至此。」

「好的，當然沒問題。」

若萃小跑步回到了蠶室。

「不必把這個宮女留下來？」

淡海狐疑地問道。

「不必。」壽雪回答得簡單扼要。

「看來娘娘是相信了她說的話，這代表……」

「幽鬼必有兩人。」

✿

過了一會兒，年秋兒一面左右張望，一面緩緩走了過來。只見她臉色慘白，一副畏畏縮縮的模樣。

「烏……烏妃娘娘……幽鬼的事情，請您別再……」

「汝受幽鬼威脅？」

秋兒聽到這句話，霎時瞪大了眼睛，說道：

「您……您怎麼會知道……」

「幽鬼詛咒，皆子虛烏有，汝勿信之。」

秋兒一副泫然欲泣的神情，走上前來想要抱住壽雪，被溫螢擋了下來。

「無妨。」壽雪對溫螢這麼說，並上前握住了秋兒的手。溫螢放開了秋兒，她整個人癱軟在地，嚎啕大哭起來。

「烏妃娘娘，我好害怕……」

壽雪一邊安撫不住哽咽的秋兒，一邊問道：「發生何事？」

「昨……昨天晚上……我做完了工作，走在外廊上，忽然發現腳邊有一樣東西。我停下腳步一看，那竟然是一顆蠶繭，除了這一顆之外，不遠處的地上還掉了好幾顆。我正感到納悶時，旁邊的槅扇窗外竟然出現了一道影子……」

秋兒打了個哆嗦，接著說道：

「因為屋裡太暗，我看不清楚那人的模樣，只知道似乎是個宮女。她就站在我的旁邊，對著我說……『妳要是敢再管我的閒事，我就詛咒妳』……她的聲音好可怕，讓我頭皮發麻。我嚇得倉皇逃走，跑進了宮女們工作的房間裡，告訴大家『幽鬼出現了』。大家都說要去看個清楚，我雖然心裡發毛，也只能跟著去了。到了幽鬼現身的那個地方，幽鬼當然已經不見了，地上的蠶繭也消失無蹤。我真的好害怕，不知道該怎麼辦才好……」

所以秋兒才會前往夜明宮，懇求烏妃別再調查幽鬼的事。

壽雪歪著頭聽完了秋兒的描述，頷首說道：

「幽鬼嗓音如何可怕，可否詳述？聲音是高是低，是粗是細？」

「這個嘛……唔……」秋兒緊閉雙眼細細回想，半晌後說道：

「聲音並不高亢，但是也不算低沉……那不像是年輕人的聲音……那聲音很沙啞，簡直像是喉嚨受了傷……絕對不會是年輕宮女的聲音，正因為這樣，我才會那麼害怕。」

「往昔曾聞其聲否？」

「以前當然沒聽過……啊，不過……」

秋兒將手放在嘴邊，說道：「經娘娘這麼一提，我確實覺得那聲音好像在哪裡聽過……到底是誰的聲音，我也想不起來。」

「其後汝疾奔入房，房內尚有何人？」

「宮女們應該都在……但是當時我太慌張了，完全不記得……」

「好……」

壽雪凝視著秋兒說道：

「汝聽吾言，此人絕非幽鬼。吾已樹結界在此，萬無一失，幽鬼絕不敢近。」

秋兒受壽雪那炯炯有神的雙眸震懾，唯唯諾諾地說道：

「是……我明白了，烏妃娘娘。」

秋兒雙頰漲紅，用力點了點頭。

「既然不是幽鬼……到底是誰做了這種事……？」

「行事不欲人知者。」

威脅秋兒的幽鬼，以及偷竊蠶繭的幽鬼，多半是同一人。

雖然幽鬼有兩人，但其中一人並非真正的幽鬼。

「隨吾往殿內一觀。」

壽雪沒等秋兒回答，自顧自地走上臺階，進入了宮女們工作的大房間。整個房內瀰漫著水蒸氣及一股腥臭味，中間有兩口灶，上頭架著大釜，釜裡正煮著一顆顆的蠶繭。幾名宮女站在釜邊，手上各拿著幾顆煮好的蠶繭，以肉眼幾乎看不見的飛快動作挑出絲頭，將絲纏繞在捲絲架上。

取完了絲之後的繭會呈現半透明，可以看見裡頭的蠶蛹。有些宮女負責從釜中撈出繭，有些宮女負責換水，有些宮女負責將捲絲架上的絲取下。每一名宮女的臉頰及雙手都因為熱氣而泛紅，額頭及脖子都冒出了汗滴。

所有的宮女都專注於手邊的工作，沒有人察覺壽雪走了進來。她的視線停留在房間角落的一只籠子上，籠子裡放著不少繭，但即使是像自己這樣的外行人，也看得出有些繭上帶著髒汙。這些應該是挑完了良繭之後剩下的劣繭吧。

壽雪不想驚動宮女們，快步走出房間。來到了外廊上後，她向秋兒確認。「屋角籠內之繭，皆為劣繭？」

秋兒點頭說道：「是的。」

「此等劣繭，皆是待棄之物？」

「不，雖然不能上繳，但還是可以取絲，製作成宮女的衣物或是絲棉。」

「自昨日便置於該處？」

「是的，良繭會被送到其他房間嚴密監管，但是劣繭的管理就沒有那麼嚴格……」

「既是如此，汝昨夜所見之繭，必是此等劣繭。」

任何人只要知道放置的地點，都可以輕易拿取劣繭。

「但是……到底是哪一個宮女偽裝成幽鬼來威脅我？」

秋兒轉頭望向不斷冒出熱氣的房間，接著說道：

「我相信絕對不會是她們之中的任何一個。我跟她們相處了那麼久，就算在黑暗中看不清楚長相，也一定能夠認得出來。何況就算沒認出長相，也聽得出聲音……」

壽雪凝視著在空中逐漸消散的水蒸氣，說道：

「……無須追查，彼必自出，吾等可以逸待勞。」

這天傍晚時分，壽雪脫去宦官服裝，穿上了平時穿慣的黑衣，帶著溫螢前往蠶塚。壽雪在那長滿了青苔的古塚周圍來回觀察，仰望四周的樹木。

上一次來的時候，壽雪已經看出最近必定有人曾經來到這個地方。因為地上的野草有遭到踐踏的痕跡。

「娘娘，有人來了。」

溫螢低聲說道。於是壽雪躲進了蠶塚後頭，溫螢則隱身在樹叢之中。

陰暗的樹木之間傳來了腳步聲，有人正小跑步朝這裡靠近。那腳步聲聽起來相當輕盈，應該是個身高不高、身材削瘦的人物。腳步聲在蠶塚前戛然而止，那個人接著躡手躡腳地走向旁邊的一棵樹木。那是一棵相當大的老木，上頭有著不少樹洞。就在那男人伸出手的時候，壽雪朝著他說道：

「穴中已無繭矣。」

那男人正將手伸進樹洞中，一聽見壽雪的聲音，嚇得整個人跳起來，轉頭望向發出人聲的方向。

壽雪從塚後起身，而溫螢也從樹後走出。

「汝識得吾否？今日儲桑室後，吾與汝曾交談數語。」

男人目不轉睛地凝視著壽雪，半晌後發出一聲輕呼，鐵青著臉說道：

「妳不是那個宦官嗎……？」

眼前這個男人，正是當初在儲桑室後頭綑綁桑樹枝，還告訴壽雪「桑樹枝可以製作染料及當成柴薪」的年輕宦官。

「汝名利冗？」

在蠶室執勤的宦官，壽雪已指示淡海查得一清二楚。包含出身背景，及金錢借貸狀況。

「汝之惡行，吾已悉知。汝假扮宮女幽鬼，入蠶室盜繭，汝可認罪？」

自從得知有人假扮幽鬼之後，壽雪便已確信幕後黑手並非宮女。宮女要盜繭，根本不需要真的假扮幽鬼。只要在工作時偷了繭之後，聲稱有幽鬼出現就行了，就像自己原本所懷疑的那樣。

利冗不僅身材矮小，而且有一雙圓滾滾的大眼睛，只要稍微化個妝，要裝扮成宮女並不難。男扮女裝之後，就算是原本認識的人，也很難認得出來，就像秋兒沒辦法一眼就認出裝扮成宦官的壽雪一樣。

「呃……唔……」

利冗頓時臉色慘白，全身直打哆嗦，看來並不是一個膽量很大的人。只見他往後退了兩步，接著突然轉身拔腿奔逃。溫螢立刻衝上前去，但還沒碰到利冗的身體，那人就已自己被野草絆倒了。溫螢走了過去，扳住他的手腕，利冗試圖掙扎，卻沒辦法動搖溫螢半分。

「不……不是的……我……」

利冗突然哭了起來。畢竟他還是個不到二十歲的年輕人，心中還沒有明確的善惡之分。即便現在是個壞人，或許轉個念頭就做起了好事。

「此事非汝一人之謀，當是受運蛹宦官慫恿，彼必是以金錢誘汝為之？」

壽雪故意以言詞挑問，果然利冗老實地點頭說道：

「沒……沒錯，但我們不是為了錢。剛開始的時候，只是一個遊戲。」

「遊戲？」

「我們在賭……如果我裝扮成宮女的話，會不會被發現……」

過去壽雪亦曾聽說宦官很愛賭博，畢竟在這後宮之中，能做的娛樂消遣實在不多。

「然則汝曾多次以宮女裝扮潛入蠶室？」

「不……剛開始的時候，我們賭的只是由我穿上宮女服裝，在蠶室外走來走去，看其他宦官及宮女們會不會發現……但因為太順利了，完全沒有被人發現，他們說這樣賭不起來，才改成假扮成蠶室裡的幽鬼……後來又說這樣不夠刺激，叫我乾脆偷幾顆繭出來……」

玩笑越開越過頭，終於惹出了事端。

「我原本打算過個兩天就把繭還回去……反正只要隨便丟在房間的角落就行了……就算拿了繭，也沒有什麼用處……沒想到後來被石安哥發現了……」

「運蛹宦官石安？彼與汝等非一丘之貉？」

「石安哥的位階比我高，算是我的上司。他說既然偷出來了，乾脆把繭拿到養蠶農家賣掉……我不敢做那種事，所以拒絕了，但是他卻說偷繭是重罪，如果我不照他的話做，他就要去告發我……」

利冗抽抽噎噎地哭著，看起來就像一個充滿稚氣的孩子。

「石安哥因職務之故，除了認識鯉魚商人外，也認識願意買繭的農家。他說下次賣蛹給鯉魚商人的時候，會把繭交給商人夾帶出去賣掉。在那之前，他叫我找地方把繭藏好。」

「故汝藏繭於樹洞中？」

「蠶室需要使用很多柴薪，所以我常來這裡砍柴……這裡的樹洞很適合藏東西。」

壽雪早已料到盜繭之人一定會把繭藏在遠處，不敢藏在身邊。這一帶不僅是很好的藏匿地點，而且上次來的時候，她已發現地上的野草遭人踩踏過，顯然不久前有人來到這個地方。於是試著在這附近一找，果然在樹洞裡找到一個布包，裡頭放著兩顆蠶繭。

宮女們今天完成了取絲作業，明天宦官就會把蛹送交給鯉魚商人，因此壽雪推測盜繭之人必定會在今夜前來取繭。

「昨日宮女年秋兒遭人喬裝幽鬼威脅，此事亦汝所為？」

「石安哥叫我裝扮成宮女的模樣站著不動，我只好照他說的話去做。他說要嚇嚇宮女，我也以為只是個惡作劇。在地上放繭，以及裝出幽鬼聲音的人都是石安哥。」

這個時候石安應該已經被淡海五花大綁了。

壽雪心想，幸好成功阻止了這件事，只差一點，沙那賣的蠶就要外流了。這件事得知會晚霞及高峻才行。至於這些人該如何處置，就交給他們去煩惱吧。

壽雪吩咐溫螢取繩索將利冗綁住，同時離開了塚邊，附近放眼望去漆黑一片，已完全籠罩在夜色之中。偶然間，她停下腳步，回頭望向蠶塚。塚前散發出一道朦朧的光芒，一名宮女就站在光芒之中，對著自己深深作了一揖，接著她的身影越來越淡，最後終於完全消失。

壽雪不由得愣愣地望著那再度隱沒在夜色中的蠶塚。

——那宮女絕對不是死於蠶的詛咒。

不僅如此，而且她對蠶兒必定有著一份不捨之情吧，那宮女出現在蠶室，也許真的只是為了照顧蠶兒也說不定。

但或許是因今年的養蠶作業已經結束的關係，後來雖然壽雪解除了結界，那幽鬼卻不曾再出現於蠶室中。

❀

「前朝的古籍裡記載了這麼一個故事……有個女人因為太過熱衷於養蠶的關係，拒絕了一樁婚事，結果遭到殺害。」

高峻說道。

「雖然古籍中稱這是發生在坊間的奇聞軼事，但朕認為，這件事其實更有可能是發生在後宮之中。」

「若是如此，書中所稱婚事，實為皇帝寵召？」

因為拒絕了皇帝，所以遭到處死。

「汝誠博識，竟知有此古籍。」

壽雪不禁有些佩服。高峻沉默了片刻，說道：

「其實是之季告訴朕的。」

真是個誠實的男人。

「只要是洪濤院裡有的古籍，之季大概都知道。」

令狐之季是洪濤殿書院的學士，曾經在賀州擔任觀察副使。

洪濤院那個地方，壽雪也曾去過。裡頭收藏著數不清的典籍，從竹木簡到紙卷都有。令狐之季能夠把那些典籍全部讀熟，果然是個相當優秀的男人。

壽雪凝視著眼前的遼闊池水。池面上的漣漪，讓映照在上頭的皎潔明月扭曲變形。

兩人此刻正站在夜明宮旁的水池畔，衛青站在稍遠處，聽不見兩人的對話。

「之季實為汝摯友。」

壽雪的呢喃聲，彷彿順著漣漪在水面上滑了出去。

「倒也不能算是摯友。」

高峻的語氣帶著三分遲疑。「朕是君，他是臣。」

壽雪心想，之季絕非單純的匠子，他是最能理解高峻內心黑暗面的人物。他們兩人的心中，都燃燒著一股冰冷的復仇之火，那是自己難以理解的一面。

每當想到這一點，壽雪便感覺到胸中彷彿有一團不斷悶燒的熾火餘燼。那帶給她一種強烈的不安全感，彷彿置身五里迷霧，彷彿墜入海底深淵。

「……妳怎麼了？」

高峻輕輕觸摸了壽雪的臉頰，旋即將手伸回。

壽雪抬頭仰望這個男人。高峻曾經告訴她，他正在尋找拯救自己的方法、摸索讓自己從烏漣娘娘的束縛中解脫的手段。

他告訴壽雪，如果有這樣的一條路可以選擇，他不會有所遲疑。

高峻聽見了壽雪的呼救，聽見了壽雪的無聲吶喊。

當時壽雪忍不住掉下了眼淚，而高峻伸手抹去了自己臉上的淚珠。自從那一天之後，壽雪便不再會因受到高峻觸摸而緊張，高峻觸摸她的動作，也變得如此自然而毫無遲疑。

兩人之間的藩籬已經被打破了。不管願不願意接受，這都是一個事實。

壽雪想要詢問麗娘，想要詢問那個將自己拉拔長大的前任烏妃。

這樣……真的好嗎？

麗娘會如何回答，壽雪心知肚明。

池面依然搖曳著，扭曲的月形卻已藏入了薄雲之後。

過了一陣子，壽雪從九九的口中聽到了新的傳聞。據說蠶室的宮女們現在流行到蠶塚祭拜，當初的宮女幽鬼，如今成了蠶業的守護神。

壽雪不禁心想，神就是這麼被造出來的吧。

金杯

跪在玉座前的男人年約四旬，體格有如武官一般壯碩，表情恭肅嚴正。他正是沙那賣族的當家，沙那賣朝陽。

高峻賜平身後，朝陽昂然而立，說了幾句場面話。高峻坐在玉座上聽著，同時觀察男人的舉止儀態。

朝陽目光犀利，有如一把分筋斷骨的利刃。他的舉措沉穩凝重，神情嚴酷冷峻，雖然給人難以親近的感覺，但偶爾嘴角揚起一抹微笑，卻又流露出迷人的風采與魅力。

朝陽的身後站著兩名年輕人，應該都是他的兒子。一位看起來跟高峻年齡相仿，另一位則是將近二十歲年紀。兩人的外貌都跟朝陽頗為神似，哥哥的神情不若父親嚴峻肅穆，舉止儀態更像是個風雅的文人墨客，弟弟的眼神則流露出一股強烈的好勝心。

「小人帶來了沙那賣最上等的蠶種，請陛下笑納。」

朝陽一說完，隨從立刻恭恭敬敬地端上一只托盆，盆裡擺著一張紙，紙上黏著許多貌似植物種子的東西。那正是蠶種，也就是蠶的卵，由於蠶卵有黏性，只要讓蠶把卵產在紙上，就會牢牢附著。

這托盤裡的蠶種，只是本次進貢蠶種的一小部分而已。剩下的蠶種都已經送入宮廷蠶室了。蠶種會以卵的狀態度過冬天，等到明年春天孵化，就可以開始進行品種改良的實驗。

只要能夠讓霄國的蠶吐出更加強韌且美麗的絲線，必定能夠成為霄國最寶貴的財富。然而對於過去靠著這美麗蠶絲獲得龐大財富的沙那賣一族而言，勢必將是一大打擊。

對朝陽而言，這就像是自己多年來耗費苦心培育出來的蠶種竟遭人橫刀搶奪，不知他心中作何感想？當初他逼死自己的叔叔時，是否曾想過事態會發展成今天這個局面？

——然而依他的城府，這些恐怕也在他的算計之中。

他刻意與朝廷保持距離，不過問政治，卻在賀州擁有絕對的影響力。沙那賣朝陽這個男人心中到底在打著什麼樣的如意算盤，高峻直到今天依然捉摸不透。

高峻試著仔細觀察朝陽的表情，卻看不出一絲一毫的端倪。

「……賢人來貢，朕心甚慰，可至鯊門宮歇息。」

高峻也以場面話應對，說完便走了出去。每次以這種古風的口吻說話，都感覺自己好像變成了壽雪，心裡不禁有些莞爾。

朝陽一行人會在宮城內的離宮鯊門宮待上一陣子。高峻打算趁著朝陽還沒離開之前，與他針對蠶業及賀州等議題好好交換意見。實際談過之後，或許就能掌握朝陽的內心想法。

坐在返回內廷的轎子上，高峻心裡想著最近得找個時間去看看鶴妃，順便告訴她朝陽已經抵達宮城的消息。

在某個朝霧蔽日的清晨，某一名內侍省宦官到了應該要接班的時間，卻沒有出現在工作崗位上，他的同僚於是前往他的宿舍房間去找人。

同僚打開門踏進房內一看，霎時驚聲尖叫，連滾帶爬地逃出門外。

那宦官赫然倒臥在地板上，雙眼圓睜，鮮血從頭上汩汩流出，早已斷了氣。

「娘娘，餅烤好了。」

九九端著一盤燒餅走了進來。那薄薄的燒餅是她親手揉製，裡頭摻了蔥花，九九的老家是餅肆，所以很擅長製餅，一次可以揉製很多塊，正好可以當作下午的點心。自從來了衣斯哈跟淡海後，夜明宮變得熱鬧得多，因此九九經常跟紅翹及老婢桂子一同做餅給大家吃。

壽雪吩咐衣斯哈，將溫螢及淡海一同喚進房內吃餅。所有人之中，唯獨老婢桂子說什麼也不肯踏進壽雪的房間。打從當初侍奉麗娘的時候，她便秉持這樣的立場，如今她似乎也不打算改變這個習慣。平時她總是緊閉著雙唇，看起來就像是個脾氣暴躁的老婆婆，但其實她並沒有心情不好，更沒有動怒，衣斯哈剛來的時候很怕桂子，經常擔心自己是不是做了什麼令她生氣的事，壽雪總是告訴衣斯哈不要想太多。事實上桂子相當關心衣斯哈，或許是衣斯哈會讓桂子想起壽雪剛來到夜明宮時的樣子吧。因為衣斯哈身材削瘦的關係，每次吃飯的時候，桂子總是會在衣斯哈的碗裡多放一些肉。

從前壽雪的房間裡只有兩張坐椅，但後來因為人變多了的關係，還特地從其他房間搬了幾張過來，有時甚至還會拿寢室的榻來當椅子坐。當初麗娘在世的時候，絕對不可能發生這樣的狀況。

此時面對外廊的門扉都敞了開來，整個房間裡顯得非常明亮。每當眾人聚在一起的時候，最多話的人總是淡海，九九經常和他鬥嘴，起初溫螢還會充當和事佬，但後來也懶得理他們了。

「我想吃裡頭包絞肉的餅。」

「要抱怨就別吃。」

「這不是抱怨，是提出要求。餅裡有肉會比較好吃。娘娘，妳說對吧？」

「吾甚好此餅。」

表面燒得酥酥脆脆，裡頭柔軟又有彈性，還有蔥的氣味。加入絞肉的餅當然也很美味，但是對胃的負擔比較大。

「淡海動不動就想要拉娘娘支持你那一邊，真是太狡猾了。娘娘，您說對吧？」

「妳才是吧？」

壽雪慢條斯理地嚼著餅，靜靜看著兩人爭吵。反正等他們吵了一陣子，溫螢看時機成熟了，就會把淡海強行帶出門外。

原本壽雪是這麼期待的。

但是就在燒餅吃得差不多了的時候，星星忽然喧噪了起來。壽雪原本以為牠是因為沒吃到燒餅在鬧脾氣，但片刻之後，便發現並非如此。

殿舍外有人。不僅人數眾多，而且是過去從來不曾到過夜明宮的人。溫螢與淡海聽見那腳步聲，各自臉色一變，不約而同地起身奔向門口。

兩人一踏出殿外，驟然停下了腳步。即使從他們的背影，也可以清楚感受出他們心中的驚愕。

「何事喧鬧？」

壽雪走向兩人。溫螢迅速往旁邊退了一步，讓她能夠通過。壽雪向外望去，只見臺階下方的鵝卵石地面有一群人，正朝著夜明宮步步逼近。

所見人數約十人前後，全部都是宦官，身穿藍鼠色❶長袍，腰間掛著刀。

那是勒房子，是直屬於皇帝的組織，由於職責是取締後宮內的犯罪事件，因此可以攜帶刀械。

後宮基本上受皇后管轄，但如今高峻並無立后，管轄權目前落在位階最高的鴦妃花娘手中。然而花娘所擁有的權責，並不包含調查發生在後宮內的重大犯罪。而且自從有了皇太后擅權干政的前例後，高峻大幅縮小了皇后的權力，並建立起了直屬於皇帝的勒房子組織。

簡單來說，就是皇帝讓一部分的皇后權責回歸到自己的手上。

——這些勒房子，怎麼會跑到夜明宮來？

一群勒房子宦官在臺階前停下腳步，仰望壽雪。其中一名貌似帶頭者的人物往前站出了一步，這個人雖然五官端正，卻是目光如鷹，一看就知道身手不凡。但他的神情帶著一絲疲累，眼中布滿血絲。他朝壽雪跪下行禮，身後的宦官們也跟著跪下。

1 青灰色。

「烏妃娘娘，請原諒我們的無禮。」

他口中所說的無禮，指的是未經通報就來到夜明宮外。一般來說宦官有公務要面詣后妃，必定要事先通報，然而勒房子身為皇帝直屬組織，不受這項規定限制。因此對方這麼說，只是單純的場面話而已。

「汝等勒房子，至此何為？」

剛剛說話的那名宦官站了起來，抬頭答道：

「烏妃娘娘，今天早上有一名內侍省的宦官在宿舍遭到殺害，此事不知您是否有所耳聞？」宦官的口氣極為冰冷。

——內侍省的宦官遭到殺害？

壽雪當然不知道這件事。如果是其他宮的妃嬪，或許還會聽到風聲，但夜明宮距離內侍省頗遠，而且沒有任何交集。九九等人也都走出來了，神情緊張地站在壽雪身後，不曉得發生了什麼。

「不知。」壽雪回答得簡單扼要。

那宦官面不改色：「我們懷疑夜明宮宦官淡海涉嫌重大，請娘娘將他交給我們處置。」

——淡海？

「咦？」

遭到指名的淡海發出了摸不著頭腦的輕呼聲。

因為事情發生得太突然，壽雪一時間反應不過來。

「……淡海何故見疑？」

「遭殺害的宦官名叫牧悳……淡海，你應該記得這個名字。」

那勒房子以銳利的眼神望向淡海，而淡海一聽到這名字，表情瞬間變得僵硬。

「汝識得此人？」壽雪朝淡海問道。

淡海緊閉雙唇，默不作聲，反倒是勒房子的宦官代為他回答。

「牧悳是淡海家裡的『知家事』。」

「知家事……」

「知家事的意思，就像是家裡的總管。」

這意味著淡海的出身之家必定頗為富裕，才有能力雇用總管。

「娘娘，您對淡海的底細一無所知？」

那勒房子宦官揚起嘴角，眼神流露三分同情。淡海不久前也是勒房子的一員，但那宦官似乎對淡海沒有半分同僚情分。

壽雪冷冷地看著那宦官說道：

「豈止淡海，吾對汝亦一無所知。」

「請恕下官失禮。下官是勒房子勒上❷，姓漆雕，名坤。」

「漆雕坤……那牧憲便曾是淡海家中知家事，何以知此人為淡海所殺？」

「娘娘只知其一，不知其二。」漆雕坤不假辭色地說道：

「這淡海的出身之家，原本乃是在于州擁有領地的名門望族。但是到了他祖父那一代，家門開始失勢；到了父親那一代，更是徹底家道中落。最大的原因，就在於他父親連續數次應考貢舉落榜，從此與高官無緣。隨著財產日漸減少，僕人與婢女也一個接著一個離開……在如今這個時代，就算是累世公卿的名門世家，也有可能從此沒落。淡海這個人頗有才幹，如果能夠撐到由他當家，或許還有中興之望。可惜他的父親明明沒有經商之才卻硬要經商，將家產賠得一乾二淨。」

壽雪見漆雕坤說得眉飛色舞，心裡不禁佩服他竟然能把這些事調查得這麼清楚。漆雕坤似乎沒有察覺面前之人已經皺起了眉頭，繼續滔滔不絕地說道：

「如果是忠心護主的婢僕，這種時候應該會全力輔佐主人重振家業，可惜淡家的婢僕沒有一個抱持忠義之心。他們不僅一個個離開，而且還把家裡的值錢東西都偷走了。說起來令人感慨。娘娘，您說是嗎？」

漆雕坤說到這裡，朝淡海瞥了一眼。淡海只是靜靜地望著前方，臉上不見絲毫表情。

「淡家有一只傳家的金杯，據說是無價之寶。就連這只金杯，也被知家事牧憲盜走了。失卻金杯，對淡家來說是最大的憾事，淡海的父親憂憤成疾，就此抑鬱而終，母親自縊而死，就連獨生子淡海也被賣給了人口販子。自從他家沒落之後，整個家族也跟著四分五裂，境遇大體相同，一整個名門望族就這麼徹底煙消雲散。淡海落入人口販子的手中之後，又遇上了些什麼事，我們並不清楚，只知道他後來加入了盜賊集團。」

漆雕坤說完了這些話，重重嘆了口氣。

「如何，烏妃娘娘？偷走了傳家之寶的人物，就在這後宮之中，這不就是最大的鐵證嗎？若說這是命運的安排，那倒也不見得。誤入歧途者的下場，不是處死就是當宦官，他們兩人會在這後宮裡相遇，也是理所當然的事。如果不是走投無路，有誰會願意當宦官？」

漆雕坤明明自己也是宦官，卻把宦官說得一文不值。事實上他這幾句話說得也有幾分道

2 副官。

理。會當宦官的人，通常都是在外頭已沒有謀生能力，或是死刑囚獲得寬赦。當了宦官之後，如果沒有過人的容貌或才幹，一輩子就只能當個打雜的低階宦官。

「淡海殺牧憲報仇，不是理所當然的事嗎？」

壽雪嗤嗤一笑，說道：

「此話於理不通，汝既言淡海有才幹，豈會於後宮殺人而不知避嫌？汝無憑無據，如何拘拿吾宮宦官？」

壽雪瞪著漆雕坤，接著說道：

「汝可速去。淡海是吾宮之人，休得擅動。」

漆雕坤微微皺起了眉頭。這個人有著圓弧狀的臉型輪廓及端正的五官，臉色卻是異常蒼白，不知是天生的膚色還是過度操勞。

「……這件事，下官將會稟報衛內常侍。不久之後，相信也會傳入大家的耳中。」

漆雕坤丟下這句話，便轉身離開殿舍。走了幾步，忽然又像是想起了什麼，轉頭說道：

「烏妃娘娘，您可能不知道淡海是怎樣的人物。當初他會被捕，是因他擅闖民宅，殺害家婢。打從一開始，他就是個殺人魔頭。您若要將他留在身邊，請務必再三提防。」

——殺人魔頭……

漆雕坤見壽雪等人臉上都露出了些許驚愕之色，得意洋洋地帶著一眾宦官轉身離去。

九九見那群人走得一個也不剩，才終於大大吁了口氣。

「好可怕……勒房子果然都是一群可怕的人。」

「腰懸利刃，令人生懼。」

就算是壽雪，剛剛也相當緊張。

「但是娘娘實在很了不起。光憑那樣的理由，就要把人押走，實在是太蠻橫了。而且那個叫漆雕坤的人，也讓人看了很討厭。」

九九氣呼呼地說道。她雖平日愛與淡海鬥嘴，但是當聽見他人數落淡海的罪狀時，她並沒有因此而害怕，反而憤怒於漆雕坤所表現出來的態度。壽雪不禁心想，九九正是這樣的一個女孩。

「聽說漆雕勒上是個相當固執又嚴厲的人。」

溫螢說道：

「而且他做事一板一眼，絕不草率行事……這次為什麼會如此武斷地認定淡海就是凶手？淡海……他是不是對你有什麼不滿？」

淡海難得皺起了眉頭，沒好氣地說道：

「我怎麼會知道？」

他很少會露出這種不耐煩的表情。

「淡……」

溫螢正想譴責他幾句，他卻不再理會溫螢，走到壽雪面前，說道：

「娘娘，妳為什麼要迴護我？這可是會讓妳惹上麻煩。」

「夜明宮內事，由吾一意而決。後宮規矩萬千，於吾皆不適用。」

「我不是那個意思。我的意思是……如果牧憲真的是我殺的，妳要怎麼辦？難道妳心中不曾有一絲懷疑？」

「不曾。」

淡海錯愕地看著壽雪說道：

「那是因為妳對我一無所知。」

「知亦可，不知亦可。吾之識人，但憑吾心。勒房子欲擒汝，吾必阻之。」

淡海目不轉睛地看著壽雪。

「就算我是個殺人魔頭嗎？」

「然也。」

壽雪想也不想地回答。漆離坤說淡海曾殺害家婢，壽雪並不清楚那是不是事實，壽雪只知道眼前這個人是自己所認識的淡海。

淡海緊緊咬著牙齒，不再說一句話，轉身走下臺階。溫螢喊了他一聲，但他仍是頭也不回地走了。

這天夜裡，有一個人造訪了夜明宮，既不是有求於烏妃的宮人，也不是高峻。

「聽說妳把勒房子趕走了？」

那個人正是衛青。

「……是便如何？」

壽雪將頭轉向一旁，說道：「汝獨至夜明宮，便欲追究此事？」

衛青以他那一對美麗的雙眸瞪著壽雪說道：「大家太寵妳了，所以我才一個人來。勒房子是直接受命於大家的組織，任何人都不能等閒視之，若有不服之處，可以依照相關規定提出抗議，可不能不分青紅皂白地把人趕走。」

壽雪聽著衛青的牢騷，心裡不禁有些不耐煩。整個後宮裡會責罵自己的人，大概就只有衛青了。正如他所說的，高峻很寵壽雪。

「何言不分青紅皂白？勒房子副官勒上漆雕坤蠻橫無理，單憑一己之見，便欲擒拿淡海歸案。」

「不是擒拿，只是找他來問幾句話。」

「休得瞞吾。名為問話，實欲屈打成招。」

「勒房子絕對不會做那種事……不過我也認為這個時候訊問淡海有些言之過早，所以我跟漆雕溝通過了。除非取得更多的證據，否則他不會再來。」

「如此甚好。」

既然已經溝通過了，為什麼不打從一開始就這麼說？壽雪心中如此咕噥。

或許是這樣的想法流露在臉上了，衛青一臉無奈地說道：

「勒房子不會再來，跟妳硬把他們趕走是兩碼子事，請妳好好反省。」

壽雪皺眉說道：「無過無失，何須反省？」

「不要鬧彆扭。意氣用事對妳自己沒有好處。」

衛青微微瞇起眼睛，看著壽雪說道：

「婦人之仁往往會帶來錯誤的判斷。」

「……吾向不求無過。俗世是非，與吾無涉，亦無益於吾。」

衛青皺眉說道：

「這樣的想法，遲早會惹禍上身。」

衛青的口氣，似乎帶著三分對壽雪的關心。

他長嘆一聲，不再多說什麼，轉身走出殿舍。壽雪也跟著走了出來，站在臺階前，看著提燈的火光逐漸遠去。

「娘娘。」

黑暗中忽然傳來了呼喚聲。壽雪轉頭面對聲音傳來的方向，那是溫螢的聲音。

「請問衛內常侍說了什麼？」

溫螢難得會問這種問題。看來勒房子的事情很令他感到憂心。

「但發牢騷耳。衛青亦言此時訊問淡海言之過早，勒房子當不再來……此人當真嘮叨，惹吾心煩。」

溫螢聽了壽雪的抱怨，只是淡淡一笑，沒有多說什麼。壽雪看著溫螢，衛青的話驀然湧上心頭。

——這樣的想法，遲早會惹禍上身。

「……非止淡海，汝亦相同。汝便是殺人後避於吾宮，吾亦當護汝不為勒房子所擒。」

壽雪坦白說出了隱約浮現在心中的念頭。溫螢吃驚地睜大了雙眼。

「是非對錯，不值一哂。」

在壽雪的心裡，同伴比是非對錯更加重要得多。然而這也讓壽雪明白了一件事——不能擁有同伴，正是因為那會讓自己做出錯誤的判斷。

但壽雪轉念又想，做出錯誤的判斷又如何？拘泥於是非對錯，對自己有什麼幫助？

「惹禍上身……」

壽雪的低聲呢喃，彷彿消散在夜色之中。

「娘娘……」

溫螢跪在地上，對著壽雪輕聲呼喚。他以宛如祝禱般的動作捧起壽雪的手掌，垂首說道：「就算娘娘惹禍上身，我一定會陪在娘娘的身邊。」

壽雪低頭看著溫螢，忍不住笑了出來。

「勿作兒戲。」

壽雪反握溫螢的手掌，將他拉了起來。那自掌心傳來的陣陣暖意，正是自己必須守護之物。她在心中下了決定，自己是這些人的主人，無論如何必須保護他們周全。

同時壽雪也想通了一件事。

想要避免惹禍上身，唯有一個做法，那就是將錯誤的部分導回正軌。

「吾欲招牧憲之魂。」

隔天一吃完早餐，壽雪立刻如此宣布。

「招魂？」九九一臉狐疑地問道。

「即召喚亡魂至此地，僅以一次為限。」

「啊，就像當初為花娘娘做的那樣？」

當初壽雪曾嘗試為花娘招過世情人之魂，但那一次沒有成功。

壽雪點了點頭。

「親問亡魂，便知凶手身分。」

——當初勒房子找上門來的時候，就應該這麼做。

壽雪吩咐九九，將淡海喚進房內。等待期間，她先從櫥櫃裡取出筆墨及硯臺，硯臺有著紫檀底座，上頭嵌以象牙美玉；筆則是高峻所贈的雀頭筆，便連墨也是最上等的舟形墨。

有時候壽雪心中會有一股想要招麗娘魂魄的衝動。但一想到只有一次機會，便不敢貿然行動，加諸麗娘生前也再三告誡，除非有緊要之事，否則不要輕易招魂。壽雪深知自己違逆了太多麗娘告誡之事，實在不想再添上一樁。

不一會兒，淡海走了進來。打從昨天起，他就一直板著一張臉。

壽雪讓九九退下，獨留淡海在房間裡，告以招魂之事。確認了牧悳的姓名寫法之後，壽雪以硯臺磨起了墨。

「為什麼要為我做這種事？」淡海露出百思不解的神情。

壽雪一邊取筆蘸墨，一邊說道：「為正吾之過，償吾之失。」

雖然昨天逐走了勒房子，但只要今天能夠證明淡海並非殺人凶手，相信那些人也不會再有怨言。壽雪在蓮瓣形的紙上寫下牧悳的姓名，置於銀盤內。接著從髮髻上摘下牡丹花，輕吹一口氣。

牡丹花頓時化為一股輕煙，往銀盤上飄落，一接觸到那張紙，霎時轉為淡紅色的火焰。不過一轉眼之間，那張紙已經燃燒殆盡，但並非化為灰燼，而是與火焰融為一體；接著火焰又化為煙霧，淡紅色的煙霧逐漸飄散在四周，望去有如晚霞，遮蔽了眼前的視野。壽雪將手伸進了那紅色霧氣之中。

她勾動手指，有如拉扯絲線一般，在霧中遍尋著魂魄的所在位置。驀然間，指尖碰觸到了某種冰涼的物體。那物體原本若有似無，但逐漸凝聚成形，壽雪接著五指緊握，過了一會兒，一隻冰冷的手也反握住她的手掌。

壽雪吁了一口氣，起身緩緩後退，同時手臂向後，將那樣物體從霧氣中拉了出來。

那是一個男人。他的年紀大約四、五十歲，身穿淡墨色長袍，臉上顴骨突出，面色慘白，皮膚粗糙，眼窩凹陷。只見他垂著頭、弓著背，一副有氣無力的模樣。

淡海一看見那人，霎時倒抽了一口涼氣。

「……牧憲。」

那宦官聽見壽雪的呼喚，驀然回神，抬起了頭來。

「誰在叫我？」

宦官以沙啞的聲音問道。

「烏妃在此。」

牧憲那空洞無神的雙眸在半空中游移了一會兒，終於看見了壽雪。

「啊啊……」他發出了一聲輕嘆。

「汝身已死，吾招汝魂魄，汝可知之？」

牧憲再度垂下了頭，氣若游絲地說道：「知道。」

「是誰害汝性命？」

「我只記得被人敲了一記……」

牧憲呢喃說道：「我倒在地上，身體動也動不了，只覺得全身發冷，彷彿要凍僵似的……然後我就死了。」

牧憲深深嘆息，接著說道：

「這一定是金杯的詛咒。」

「詛咒？」

壽雪皺起了眉頭。

「金杯……自從在主人家中看見了那個東西之後，我就對它朝思暮想，說什麼也要得到它。它又輕又薄，拿在手上的重量就像一根羽毛，且上頭雕滿了精緻細膩的花紋，令人移不開眼。那天我簡直像著了魔一樣，將它塞進了懷裡，躡手躡腳地逃出了主人家……我明明知道它是主人家的傳家之寶，而且還是個妨主的寶物。」

「妨主？」

「擁有金杯的人，必定會遭受詛咒，落得悲慘的下場。因為這個緣故，那只金杯不斷易手，不知換了多少個主人。它不僅害我的主人家破人亡，而且也害死了我自己。我在淪落為宦官之後，依然捨不得放棄那金杯，每天晚上都把它拿出來看……那天晚上也是……」

「遇害之晚？」

「我把金杯藏在床底下，每天晚上都把它拿出來，就這麼傻傻地看著。明明很後悔將它從主人家中偷了出來，卻又陶醉於它的美麗……那天晚上，我正在看著金杯，突然被人從腦後敲了一記。因為看得太專注的關係，我竟然沒有發現有人開門進來。那個人拿起金杯，就這麼逃走了……」

「且慢……」

壽雪說道：

「既是腦後遇襲，應不知凶手身分？」

「完全不清楚……不過我在倒下的時候，眼角餘光隱約看見了對方的衣襬，那是跟我一樣的淡墨色長袍。」

淡墨色長袍是基層宦官的制服。位階越高，灰色的成分就越多。淡海此時身上穿的依然是勒房子的制服，顏色為藍鼠色。溫螢穿的是鈍色❸，衛青穿的則是鐵鼠色❹。

既然凶手穿的是淡墨色長袍，那就絕對不會是淡海，但勒房子可能會主張「是淡海為了掩人耳目而穿上了基層宦官的服裝」。

——原本以為只要詢問受害人就能知道凶手身分，看來是想得太簡單了。

不，等等。壽雪的心中閃過了另一個念頭。既然凶手奪走了金杯，這也是一條線索……

「這一定是報應。」牧憲接著說道：「我背叛主人，偷走了金杯，這是我應得的報應。我對不起淡老爺……我沒有臉見夫人及少爺的面……」

牧憲說了好幾次「都是我不好」，轉眼間已是淚流滿面。壽雪心想已沒有必要將他留在這裡，於是放開了他的手。牧憲的身影逐漸變得模糊，緩緩隱入了霧氣之中，接著她朝霧氣輕吹一口氣，那霧氣頓時煙消雲散，轉眼間，空氣中什麼也沒有留下。

「……主人必須盡主人的職責，才能算是主人。不是牧憲背叛了我爹，是我爹放棄了他的職責。他丟下了一切，任由整個家族凋零沒落，背叛者不是牧憲，是我爹。我爹積欠了他非常多的雇傭金，他想要金杯，大可以跟我說，我會把金杯給他，以補償他的損失。」

淡海凝視著牧憲原本所站的位置，臉上依然看不出絲毫表情。

「我一點也不恨牧憲。我還記得小時候，他常常陪我玩耍。而且其他奴婢和僕人都已經走光了，他是最後一個離開的人。如果要恨，我該恨的是我爹和我自己。我被人口販子帶走之後，又轉了好幾手，差點成為變態暴發戶的玩具……我設法逃走，幸好有一個盜賊首領收留了我……如今回想起來，那段日子我竟然能夠活得下來，只能說是命大。」

淡海乾笑了兩聲，以手掌抵著額頭，接著說道：

「娘娘，妳知道嗎？因為我父親欠下了龐大的債務，害我們整個家族的所有人都流落街頭。經歷悲慘遭遇的人，可不是只有我而已。我當了將近三年的盜賊，最後一次搶劫的目標，是地方上某富農的宅邸。我闖進宅邸裡，把所有人用繩子綁起來，想要搶走值錢的東西。幹盜賊這一行，我很明白絕對不能在一個地方久留，那天我也打算拿了值錢的東西之後，就立刻走人。但只能說我運氣太差，在離去之前，竟然打開倉庫看了一眼。那時候我總覺得倉庫裡有聲音傳出來……於是打開了那堆放著農具及稻草的倉庫，便看見有個女人蜷曲著身子窩在倉庫的角落。我還記得那是個有著皎潔明月的夜晚，月光從窗外透了進來，照在

3　暗灰色。

4　灰綠色。

那個女人的身上。我走過去一看，那是個年輕的女人，抱著膝蓋坐在一張草蓆上，左腳扣著腳鐐，腳鐐連接著鎖鏈，不知該說是奴隸，還是家婢。女人的身上只穿著一件髒兮兮的麻衣，全身到處都是傷痕，那些傷痕絕對不會是因為下田工作所造成的，有些舊傷甚至都已化膿，散發出酸臭味。我不知道那個女人曾經遭受什麼樣的對待，但光是想像，就讓我忍不住想吐。我以刀鞘敲斷腳鐐，告訴她『快逃』，趁著宅邸裡的人都被綁了起來，現在逃走是最好的時機。但那個女人只是抬著頭，不停地盯著我看。」

只見淡海臉色鐵青，聲音微微顫抖。壽雪不知該說什麼才好，半晌後淡海才又開口說道：「女人雖然骨瘦如柴，而且一張臉被打得紅腫變形，但依然能看出原本的長相……我仔細一看，才發現她是我的堂姊……大我兩歲的堂姊……」

淡海以手掌摀住了雙眼。

「我嚇得不知道該怎麼辦才好，就在那一瞬間，堂姊忽然拔出我的刀子，往脖子上抹去。登時鮮血狂噴，她就這麼倒在地上，動也不動了。」

壽雪不禁皺起眉頭，彷彿眼前看見了一片血海。淡海的身體還在微微打顫，壽雪於是拉過一張椅子，讓他坐下。

「堂姊被關在那種地方，連想要自盡也沒有辦法。我不知道她被關在那裡多少日子，也不知道她遇上了什麼比死還要痛苦的事。只知道她的下場這麼慘，全是因為她是我淡家的親戚，我想要幫她，但卻什麼也做不到。」

淡海的全身不停抖動，無處宣洩的憤怒與悲傷充塞在他的心中。壽雪伸出手，在他的背上輕撫著。當他說出「什麼也做不到」時，內心有多麼痛苦，壽雪完全可以體會。因為自己也一樣。當初母親遇害時，自己同樣什麼也做不到。

「……故汝遭官兵擒拿，無端背負殺人罪嫌？」

「對我來說這些都已經不重要了。」

「汝以此為報應，故甘之如飴。」

淡海抬起了頭，露出一副「妳怎麼會知道」的神情。

「吾亦以此自責多年……唯今想法已略不同。」

過去壽雪一直認為自己成為烏妃後所受的苦，全是對母親見死不救的報應。然而壽雪後來想通了，認定自己對母親見死不救，就等於是否定母親希望女兒活下去的期盼。

——最輕鬆的做法，就是自責。

因為一切不合理的事情，都可以在自責中找到理由。

「是故此次蒙冤，汝亦無所作為。在汝心中，即便含冤受罰，亦屬天意。」

「……是啊。」

「何其愚也。」

壽雪在淡海的背上拍了一記。淡海錯愕地瞪大了眼睛。

「吾絕不許。」

壽雪快步走出房間，來到門外，呼喚溫螢。溫螢從殿舍後頭轉出，迅速來到她面前。

「吾欲往牧戇宿舍一觀，請汝帶路。」

「是。」

溫螢率先邁步而行。此時淡海慌忙從殿舍內奔了出來，喊道：

「娘娘……」

壽雪停下腳步，轉過了頭。此時忽然有一句話迴盪在壽雪的胸口。

——妳應該靠自己的力量，拯救麗娘最心愛的妳自己。

當初高峻告訴壽雪的這句話，有如溫暖的池水一般，逐漸滲入自己的五臟六腑，直到現在依然不曾消退。

「吾不願汝蒙受此不白之冤。吾既願助汝平冤，汝亦應有自救之心。」

淡海一時傻住了，久久說不出話來。

壽雪完全沒有想過，高峻對自己說的一句話，自己也會有對別人說的一天。

✿

內侍省及基層宦官的宿舍，都在後宮的南側。壽雪帶著溫螢與淡海，進入了宿舍之中。

「凶手殺牧憲而奪金杯。既是如此，吾尋金杯下落，便可知凶手何人。」

金杯原本是牧憲的持有物，如今遭凶手奪走，而「尋找失物」恰巧是烏妃的拿手好戲。

牧憲的房間在宿舍的角落。雖然只是一間狹窄又簡陋的房間，但是打掃得相當乾淨整潔，由此亦可看出居住者的性格——唯獨牧憲倒地身亡之處，地面有著黑褐色的血跡。

壽雪在房內左右環顧，由於房內整理得相當整齊，看起來東西並不多。她從衣櫃中挑出一件衣物，再拾起被褥上的一根頭髮，放置在桌上。接著從懷裡取出一枚人形木牌，提筆蘸墨，在上頭寫下牧憲的名字，並將頭髮纏繞於木牌，再將木牌放置於衣物上。最後她從髮髻上摘下牡丹花，輕吹了一口氣，花瓣立即如同玻璃一般碎裂開，散落在人形木牌上。

人形木牌先是微微顫動，接著輪廓逐漸模糊起來，且不斷膨脹著。那根頭髮沒入了輪廓之中，而輪廓逐漸變形，最終化成了黑色的煙霧。那煙霧鑽入了衣服之中後，竟有如活人一般立起並跳下桌子，邁步走向門口。此時門扉並未掩上，那煙霧便直接走了出去，壽雪等人只得趕緊跟上。那穿著衣服的煙霧走到隔壁房間的房門口，便停下了腳步。那同樣是基層宦官的居住之處。

「此房間為何人所住？」

「我去問問看。」溫螢說道。但他尚未邁步，淡海便突然冒出一句「打開來看看就知道」，同時拉開了門板。

壽雪又朝煙霧吹了口氣，煙霧瞬間消散開來，衣服亦落到了地上。

房間裡空空如也，一個人也沒有。

「……娘娘！」淡海指著房內的桌子。金杯赫然就擺在桌上。

溫螢前往內侍省詢問房間主人的身分，壽雪則走進房內，拿起了那金杯。她心裡早就好奇，那金杯是什麼樣的寶物，如今拿在手裡一瞧，果然極為精緻華美。整只杯身以黃金製成，杯壁極薄，通體輕盈，彷彿稍微一用力就會斷裂。外側的壁面上雕著蓮花、牡丹、蔓草等花紋，刻劃得相當細膩。

——上頭並沒有依附任何不潔之物。

牧憲口口聲聲說這只金杯受到詛咒，但所謂的詛咒，往往是當事人的疑心病作崇。

當然金杯本身製作得相當精美，令人不禁看得入迷。可以肯定這確實是金雕師傅的最高傑作，有著一股吸引人的強烈魅力。不難想像為什麼牧憲會被這只金杯迷得如此神魂顛倒。

遠處傳來了腳步聲。人數不止一人，看來並非只有溫螢而已。壽雪來到走廊上一看，溫螢的背後跟著約五名宦官，身上各自攜帶刀械，看來都是勒房子的宦官。壽雪原本有些擔心，他們可能是要來逮捕淡海，但看他們個個神情有些古怪，似乎不像是要來捉人。

「娘娘，案情似乎有些蹊蹺。」

「發生何事？」

平常總是沉著冷靜的溫螢，此時難得流露出了焦急之色。

「住在這房間的人，是一個名叫漆雕奉的宦官。」

「漆雕？」

「他是勒房子勒上漆雕坤的弟弟。」

——那個副官的弟弟？

「兄弟皆為宦官？」

「是的，理由並不清楚……只知道漆雕奉也在內侍省執勤，與牧憲乃是同僚關係。我們剛剛想去把他找來，卻發現他已不知去向。」

「什麼？」

「連漆雕勒上也不見蹤影。」

此時站在溫螢背後的一名勒房子宦官跟著說道：「漆雕勒上從今天早上就沒有出現在勒房子，也不在他的房間裡，我們正在後宮裡到處找他……」

就在這時候，遇見了溫螢。

「請問娘娘，是否知道這是怎麼回事？」

勒房子的宦官們皆有如丈二金剛摸不著頭腦，壽雪將金杯舉到他們的面前，說道：

「牧憲遭奪金杯，在漆雕奉房內。」

勒房子的宦官們霎時又驚又疑，異口同聲地說道：「這到底是……」

壽雪沒有回答他們的問題，轉身走回房內，在地板及被褥上仔細查找，拾起了一根頭髮。天底下沒有不掉頭髮的人，這可說是他人最容易取得的當事人隨身之物，因此經常被拿來當作咒術的道具。

「追漆雕奉。」壽雪再度從懷裡取出了人形木牌。

人形木牌化成了一隻鳥，振翅往北方飛去，壽雪趕緊追上。溫螢、淡海及勒房子的宦官們也都緊跟在後。

一行人離開了內侍省的範圍，穿過一片梅林，沿著水道的堤岸不停地追趕。

漆雕坤、漆雕奉兄弟為何失蹤？難道他們企圖逃出宮外？抑或……

聽說漆雕坤是個固執又嚴厲的人。

——壽雪的心中有股不好的預感。

鳥兒開始在天空上盤旋，這意味著漆雕奉就在那正下方。前方可見一整排的楊柳樹，以及一座紅色的拱橋，耳中還可聽見潺潺流水聲。那是流經後宮的一條小河。

驀然間，壽雪看見一條細細長長的紅色布帶，自小河的上游處漂下來。

——不，那不是布帶！

「啊……！」勒房子的宦官們一邊大喊，一邊往上游的方向奔去。

壽雪則停下了腳步，靜觀著這場騷動。接下來的事情，她已經幫不上忙了。

小河的上游處倒著兩名宦官。其中一名躺在岸邊，胸口一片血紅，看起來早已斷氣；另外一名則手握長刀，身體一半浸在水裡，脖子上有一道怵目驚心的傷口，鮮血不斷從傷口流進河水中。手持長刀的宦官，正是漆雕坤。壽雪心想，另外一具胸口有傷的屍體，應該就是漆雕奉了吧。

勒房子的宦官們將漆雕坤的屍體從河水中拖出，擺在漆雕奉的屍體旁邊。兩人不知道已經斷氣多久了。其中一名宦官離開那群宦官的身邊，走到壽雪的面前，臉色鐵青地說道：

「下官立刻向長官報告這件事。」

說完這句話後，那名宦官疾奔而去。

「……多半是漆雕坤殺了弟弟之後橫刀自刎。」

原本緊閉雙唇的淡海呢喃說道：「當初我就覺得奇怪，那麼固執、嚴肅且做事一板一眼的勒上，怎麼會那麼急著想要將我逮捕？如今看來，大概是為了袒護弟弟吧。他知道弟弟殺了牧憲，所以想要讓我揹黑鍋。」

壽雪看著屍骸說道：「然終究未能成事。」

「依漆雕坤的性格，本來就沒辦法做這種事。他做事古板，完全不知通融，而且有著很強的責任感。正因為是這樣的性格，才跟我合不來……漆雕家也是近年來沒落的名門世家之一，倘若他家還有當年的權勢，此刻漆雕坤應該是個相當優秀的官吏吧。然而根據傳聞，他的弟弟是個好吃懶做的人，似乎以為只要當上宦官，就可以輕輕鬆鬆地平步青雲。天底下會因為這麼想而入宮當宦官的人，除了他弟弟之外大概也沒幾個。」

只要能夠受到后妃或皇帝青睞，確實有可能平步青雲。

「聽說是弟弟堅持一定要當宦官，哥哥不忍心丟下弟弟不顧，只好也當了宦官。或許當哥哥的，都是這樣的心情吧……」

河面不斷飄來陣陣的寒意。在那小河邊，漆雕坤到底是帶著什麼樣的心情，將尖刀刺入弟弟的胸口呢？臨死之前，兩人有過什麼樣的交談？壽雪完全無法想像……但是另一方面，她也明白了一件事。

壽雪默默地走向兩具遺體。此時宦官們全都不發一語，正在將漆雕坤那濡濕的臉孔擦拭乾淨，光從這個舉動，便可以看出漆雕坤在勒房子之中有著多大的人望。

漆雕坤的表情，並沒有絲毫的痛苦。

──他只是想要把一件做錯了的事情導回正軌。

為了他心中想要守護的人。

就這一點而言，漆雕坤與壽雪是相同的。

壽雪轉頭望向溫螢與淡海。

一旦決定要守護他們，就再也沒有退路了，她對此有了深刻的體認。就算停下腳步不再前進，也不可能往回走了。

壽雪取出手帕，遞給了一名正在擦拭漆雕坤臉孔的宦官。那宦官吃了一驚，抬頭仰望她，滿臉錯愕地接過，接著向壽雪作了一揖，轉頭繼續擦拭漆雕坤的臉孔。

「……吾當焚絲羽，助其魂魄渡海。此事由吾為之，魂魄必不致迷惘失途。」

這是弔唁死者的儀式。絲羽所化成的鳥兒，將會引導魂魄遠渡大海。

「烏妃娘娘……」

宦官們的聲音皆有些哽咽。他們跪在壽雪面前，久久沒有抬起頭來。

❀

淡海瞇起了雙眼，凝視著焚燒絲羽所冒出的裊裊輕煙。

宦官們在漆雕坤的房間裡，找到了一封寫給勒房子之長的書信，漆雕坤在書信裡，描述了整件事的來龍去脈。弟弟漆雕奉得知牧憲有一只金杯，心裡羨慕得不得了。那天晚上，漆雕奉偷偷在牧憲的頭上敲了一棍，原本只是想將金杯搶走，但沒有料到牧憲竟然就這麼死了。漆雕奉求助於哥哥，哥哥漆雕坤明知道殺人是死罪，但不忍心讓弟弟遭處死，於是調查了牧憲的出身背景及生平經歷，想到可以把殺人罪嫁禍給淡海。漆雕坤明知道不應該這麼做，但無法克制心中想要拯救弟弟的念頭，然而到了後來，他還是親手毀了這一切。漆雕坤先殺死弟弟之後，再舉刀割斷自己的喉嚨，為這件事畫下了句點。

——那個弟弟怎麼想都是塊扶不上牆的爛泥，為什麼漆雕坤不任由他弟弟自生自滅？淡海心裡如此想著。但如果漆雕坤能夠不管弟弟的事，打從一開始就不會當宦官吧。淡海沒有兄弟，因此無法體會漆雕坤的心情。但是他捫心自問，如果是堂姊求自己幫忙，自己會怎麼做？淡海心裡很清楚，就算是與全天下人為敵，自己也一定會幫助堂姊。因為他一直打從心底愛著堂姊。

——那如果是娘娘呢？

自己願意保護壽雪，不惜與全天下人為敵嗎？

「溫螢。」

淡海呼喚了自己的同僚。雖然沒有看到人，但是淡海知道他一定就在附近。

「未來不管發生什麼事，我都會守護娘娘。」

溫螢從樹叢之間走了出來。

「你應該也是一樣吧？」

「當然。」溫螢的回答依然如此簡潔有力，沒有一絲迷惘。

淡海瞇起了眼睛，說道：「既然如此，我們一定要提高警覺，絕對不能鬆懈。」

「鬆懈的人只有你而已。」

「娘娘現在的處境非常危險。」淡海充耳不聞，接著說道：「娘娘太過熱心助人，就算對象是幽鬼，她也會伸出援手。倘若是在民間，像她這樣的德劭之人或許可以長保平安，但這裡可是後宮。」

「……」溫螢聽出了淡海的言下之意，眼神頓時變得銳利。

「一定會有人視她為眼中釘。更何況娘娘並不是一般的妃嬪……」

如果只是一般的妃嬪，或許立場還不會那麼危險。淡海雖然並不清楚烏妃是什麼樣的身分，卻看得出來壽雪只要轉個念頭，就有可能掌握強大的權勢。烏妃所擁有的神奇力量，再配上她的人望……

「娘娘只要有心，掌控整個後宮可說是易如反掌。」

事實上目前已出現了這樣的跡象。

「這次的事情，必定會讓勒房子的宦官們對娘娘心生感激。平常宦官死了，屍體只會被胡亂丟在河岸上，根本不會有人前往弔唁，更何況這次死的還是戴罪的宦官。但是娘娘卻起了惻隱之心，願意加以弔唁。」

弔唁可說是最後的救贖。除了死者的魂魄之外，活人也會因弔唁而得救。

壽雪總是願意幫助需要幫助的人，並不因對方是宮女或宦官而有所不同。雖然她並非刻意想要攏絡人心，這樣的做法卻讓烏妃的景仰者與日俱增。

「娘娘的處境相當危險。」淡海再度強調。

「……我知道。」溫螢轉頭望向殿舍。「所以她需要我們的守護。」

淡海也點了點頭。溫螢與淡海，就像是守護壽雪的兩把刀。

殿舍的方向已不再飄出煙霧，淡海轉身朝殿舍走去，驀然又停下腳步，從懷裡取出了那只金杯。壽雪說那原本是淡海之物，所以將它還給了淡海。

淡海將金杯奮力擲在地上，接著將腰刀連刀帶鞘取了下來，以鞘鐺朝著金杯擊落。隨著一聲清脆聲響，金杯裂為了無數碎片。

❀

此時織布機不斷發出輕快悅耳的運轉聲。

「不愧是宮廷名匠，真是令人嘆為觀止。」

沙那賣朝陽看著擺在桌上的三塊綾經錦說道。

「這匹布使用的正是賀州生絲。賀州生絲易上色且堅韌不易斷裂，才能夠織出如此細膩的花紋。」高峻指著布上的含綬鳥與六瓣花的花紋說道。

這裡是少府監內的機殿。房內約有十座織布機，各自發出輕快節奏的織布聲。織布的聲音不知為何總是能為人們帶來心靈的平靜。踏板聲、穿杼聲、拉筬聲……讓人聯想到海岸邊周而復始的潮水聲。

高峻帶著朝陽參觀完了蠶室及機殿，屏退左右，私下對朝陽開口：

「朕真的很感謝你進貢蠶種。」

「陛下言重了。」朝陽恭恭敬敬地拱手道：「這次陛下網開一面，對沙那賣的罪行從輕發落，我們沙那賣一族都感懷陛下的恩德。」

網開一面？高峻不禁暗自苦笑。這聽起來像是一句譏諷之語。

「朕絕對不會白白浪費了你的心血結晶。朕會繼續改良沙那賣蠶，將來有一天，朕希望讓蠶業普及在所有不適合耕種的地區。」

朝陽微微瞇起雙眼，接著若有深意地緩緩點頭。

「將蠶種進貢給陛下，果然是正確的決定。請恕小人僭越，小人在陛下的身上可是下了很大的賭注。」

高峻轉頭望向朝陽。「你下了什麼賭注？」

「沙那賣蠶，以及小人的么女。」

「你想要躋身廟堂？」

言下之意，當然是暗指以外戚的身分在朝廷占有一席之地。高峻這麼問，主要的目的在於刺探朝陽心中的圖謀。

「小人豈敢有非分之想？」朝陽笑著說道，那笑容果然有著一股迷人的魅力。「野心足以讓人身敗名裂。小人如果自取滅亡，恐怕整個沙那賣一族都會跟著小人陪葬。我們沙那賣一族畢竟是來自卡卡密的異邦人，遠離朝政才是保身之道。」

朝陽說得慢條斯理，雖然聲音低沉，卻沒有被那規律的織布聲所掩蓋。

「陛下，您應該明白，小人的肩上背負著沙那賣一族的命運。任何魯莽的行動，都有可能招致沙那賣一族的覆滅，小人並不奢望榮華富貴或功名利祿，唯一只希望沙那賣一族能夠永保安泰。」

「永保安泰……」

「小人相信陛下是絕對不會讓小人失望的明君。為陛下鞠躬盡瘁，是小人身為沙那賣當家的職責。為陛下謀福祉，就是為沙那賣一族謀福祉。」

——如何在這異鄉之地細水長流，低調卻不衰亡，是朝陽心中唯一關心的事。

高峻心想，難怪朝陽會刻意與朝廷保持距離。明明將女兒送進了後宮，卻又表現出對政治不感興趣的態度。

朝廷局勢詭譎多變，官場沉浮難以預料。古今多少人權傾朝野、位極人臣，下場卻是極為淒涼，就算是權極一時的名門望族，也有可能一朝凋零。因此最明哲保身的做法，就是打從一開始就不參與權力鬥爭。

這一切都是為了讓沙那賣一族永保安泰。

高峻不禁暗自竊笑。嘴上說沒有野心，其實這野心可說是相當大。

「小人願意幫助陛下建立太平盛世。任何有可能破壞和諧的禍端，小人都會設法加以摘除。」朝陽的口氣是如此嚴峻而冷酷，令人不寒而慄。

❀

「娘娘，裙子還是穿這件金茶色❺的吧？衫襦是朱底金紋，搭配起來應該很適合，腰帶就用這條低調的朽葉色❻……」

九九不斷從櫥櫃裡取出五顏六色的衣物，喜孜孜地在壽雪的身上比來比去。

「披帛該用哪一條？這一條是飴色❼上頭縫著琥珀，那一條是鮮豔的緋紅色……」

「皆可。」

「娘娘，您要告訴我您的喜好，不然我怎麼幫您搭配衣服？」

平常總是穿得一身黑的壽雪，在穿著上根本沒有任何偏好。但她知道九九絕對沒有辦法接受這樣的回答，苦思良久後，終於挑選了緋紅色的披帛。

「原來娘娘喜歡這樣的顏色。」九九眉開眼笑地說道。

「隨興而擇，並無深意……汝為何喜形於色？」

「能夠知道娘娘的喜好，是一件很開心的事。」

壽雪無法理解那樣的心情，卻也沒有多說什麼。

---

5 亮褐色。
6 黃褐色。
7 紅橙色。

「娘娘應該也很想知道陛下的喜好吧？」

「並無此念。」

「娘娘又說這種話……陛下可是經常帶娘娘喜歡的食物來呢。」

「彼以為吾但有食物，便不復他求。」

「實際上也是這樣沒有錯。」

「……」

壽雪臭著一張臉沉默不語，九九趁這個機會迅速幫她換上衣物。宮女紅翹則在一旁，把九九一件件拿出來比對搭配的衣物重新摺好。她沒有辦法開口說話，所以只是面帶微笑地看著壽雪與九九的對話，宛如母親或是年紀相差甚大的姊姊。

繫完了腰帶，九九看著鏡子，將髮簪及步搖插在壽雪的髮髻上。她目不轉睛地看著鏡中的九九。

「啊，還是娘娘想插別的？陛下賜的篦櫛嗎？」九九察覺壽雪的視線後問道。

「非也……汝甚好此色衣衫？」

九九此時身上穿著薄紅梅色❽的衫襦，以及薄柑子色❾的裙子。壽雪發現她穿的大多是這種淺色系的衣衫。

「唔……我自己也沒有發現。或許比起深色系，我更喜歡淺色系的衣衫吧。因為淺色系比較有春天的感覺。所有的季節之中，我只喜歡春天。我不喜歡太熱，不喜歡太冷，也不喜歡從熱逐漸變冷，因為那會給我一種寂寞的感覺。但如果是從冷逐漸變得溫暖的春天，我的心情也會跟著怦然心動。」

「怦然心動……原來如此。」

詢問他人的喜好，確實是一件相當有趣的事。有很多事情必須要問了之後才會發現。

「吾已知之。」

「知道什麼？」

「聞他人喜好，確有其妙處。」

「咦？真的嗎？」九九露出了有如陽光一般的燦爛笑容。

「且於吾有益。」

8 淡粉色。

9 淡橙黃色。

「對娘娘有益？」

「可令吾對汝所知更勝於前。」

九九眨了眨那一對烏溜溜的大眼珠，那神態有如麻雀一般。

「娘娘知道關於我的事，也會覺得很開心嗎？」

「開心？唔……或可謂之開心。」

九九以袖口摀嘴，嗤嗤笑了起來。「能夠讓娘娘覺得開心，我也覺得開心。」

壽雪感覺九九是個很清楚自身心情的女孩，與自己截然不同。壽雪很多時候都對自己的心情感到迷惘，總是花很多的時間在摸索自己的心情上。

而壽雪見九九笑容可掬，胸口也湧起了一陣暖意。但即便如此卻還是無法肯定，這個感覺到底能不能稱之為開心。

「好了，我們出發吧。」

九九看著梳妝打扮好的壽雪，心滿意足地點了點頭，迫不及待地走向門口。這次如此精心打扮，便是為了到泊鶴宮探望晚霞。

——但還來不及出門，事態已有了變化。

「呃……娘娘……」

原本正帶著星星在殿舍外散步的衣斯哈，忽然打開了門。只見他懷裡抱著星星，臉上帶著不知如何是好的神情。

「有訪客……」

「訪客？」

衣斯哈的背後站著一名宦官，那宦官突然走上前來，進入了門內。壽雪仔細一看，那原來不是宦官。

「我想見妳一面，所以偷偷溜出了泊鶴宮。」

那赫然是身穿宦官服色的晚霞。

「要是正式拜訪，還得帶一大群侍女及宦官，不是太麻煩了嗎？」

晚霞露出了戲謔的笑容。當初高峻說她「氣鬱」，此時看起來卻是精神奕奕，只是雙頰確實削瘦了些。

壽雪雖然錯愕，還是吩咐九九等人煮茶招待，請晚霞就坐，自己也坐在她的對面。

「吾正欲往泊鶴宮。」

「咦？真的嗎？可是我從以前就好想試一次，像這樣偷偷溜出來……妳看我這身打扮如何？聽說妳常常假扮成宦官在外頭遊走，所以我也有樣學樣。」

「唔……清新脫俗。」

「真的嗎？我好開心。」

晚霞的聲音有些開朗過了頭，簡直像是強顏歡笑，令人不禁為她擔心。

「別來無恙？吾聞汝身體欠安，此刻莫非強自忍耐？」

「妳別擔心，我的身體好得很，只是有時候會覺得心情煩悶。」

「……既是如此，吾心稍安。宜多溫食，調氣養身。」

「好，我知道……上次那蠶繭的事情，真的很謝謝妳。」

她指的應該是蠶繭遭竊的那場騷動。

「幸好有妳出手相助，才沒有引起大麻煩。要是驚動了勒房子，事情可就沒辦法隱瞞了。到時候我爹進貢蠶種的事情，可能也會出現變數。」

蠶繭騷動被私下掩蓋了，知道的人並不多，主要的原因，在於擔心沙那賣一族與朝廷的關係惡化。當然風聲大概已經傳進了朝陽的耳中。

「我想要用這次的生絲，織一匹布給妳當作回報，目前正在努力著。」

「生絲非獻予高……皇帝之物？」

「獻給陛下的份當然不能少，但我會以不用獻給陛下的生絲，親自織一匹布給妳。」

「汝自織之？」

「是啊，我織布的技術雖然不太高明，但我很想織給妳……妳願意收下嗎？」

壽雪聽晚霞說得殷切，只好點頭說道：「嗯……」

「我好開心……我一定會盡全力織好的。」這少女還是老樣子，乍看之下天真無邪，談吐之間卻流露出一股空虛感，令壽雪不禁為她擔心。

「……汝有事煩心？」

晚霞緊閉雙唇，眨了眨眼睛。那模樣泫然欲泣，壽雪原以為她會掉下眼淚，但最後她並沒有落淚。

「沒什麼……」晚霞笑著道：「其實我爹現在來到了宮城裡……妳知道這件事嗎？」

「有所耳聞。」

「我爹這次進京，有可能會來見我，但他是個相當嚴格的人，所以我心情有點沉重。」

「既是如此，何不避之？」壽雪說道。

晚霞嗤嗤笑了起來，彷彿聽見了什麼有趣的話。

「但我也很想見他，畢竟他是我爹。不知道他是會稱讚我，還是會罵我……？」

晚霞呢喃自語，垂下了頭，半晌後又抬頭說道：「啊，對了，我的哥哥們也來了。」

「汝兄亦隨父進京？」

壽雪曾聽晚霞提過她的哥哥。

「這次來的是大哥及三哥……三哥是只比我大一點點的哥哥。上次我剛好提到了他們，對吧？呵呵……要是他們知道我對外人說大哥高傲、三哥壞心眼的話，他們一定會很生氣吧。跟這兩個哥哥比起來，二哥還好一點。二哥跟我爹最像，既不高傲，也不壞心眼，只是常常讓人不知道他心裡在想些什麼。爹吩咐二哥留守賀州，多半也是因為二哥是爹最信任的兒子。聽說爹以後會指定二哥作為繼承人呢。」

壽雪心裡想著「這種事似乎沒有必要對外人說」，嘴上只是應了一聲「原來如此」。

「壽雪，我跟妳說……」晚霞斂起笑容，對著壽雪低聲說道：「妳要小心我爹。」

壽雪皺起了眉頭，正要詢問理由，晚霞已站了起來。

「我得走了，得趁侍女們發現之前回去才行。」

晚霞說完旋即轉身，踏著輕快的腳步走出殿舍。壽雪見她的步伐異常輕盈，簡直像是沒有體重一般，心裡反而為她感到有些不安。

響亮的腳步聲迴盪在走廊上。隨著腳步聲，一名年輕人走進了房內。這名年輕人有著俊美的相貌，與身上的露草色[10]長袍可說是互相輝映。而此刻他眼神中流露出的一絲倔強與不服輸的性格，既是他的缺點，卻也是他的魅力所在。他的雙眸總是散發著弈弈神采，有如閃爍著點點繁星。

「大哥，爹在哪裡？」

「在裡頭的房間，似乎在寫信。」正在房間裡喝茶的晨慢條斯理地說道。

沙那賣晨是朝陽的長男，此時他身上穿的是風雅人士特別鍾愛的暗柳茶色[11]長袍。他的性格不像弟弟那麼倔強，雙眸也不像父親那麼犀利，眼神顯露出的是身為名門世家長男的自尊心，緊閉的雙唇則帶著一絲遺傳自父親的嚴峻。

「寫信？這種節骨眼，爹在寫信給誰？」

「不清楚。無知小弟，不要質疑爹做的事情。」

10 水藍色。
11 暗褐綠色。

朝陽的三男沙那賣亮皺起眉頭，瞪了大哥一眼。喜怒容易流露在臉上，是亮的一大缺點。大哥晨心裡咕噥著「這傢伙真像個長不大的孩子」，三弟亮心裡則抱怨著「大哥講話還是那麼咄咄逼人」。

「早知道就留在賀州了，這裡真的很無聊。」亮以粗魯的動作一屁股坐在椅子上。

晨的心裡卻不這麼認為。沙那賣族一行人所居住的離宮鯊門宮，是一座美輪美奐的殿舍，這裡有著鮮豔的丹紅漆柱、製作精美的吊燈、細膩的欄杆鏤雕，室內的擺設則統一塗上了黑漆，上頭的螺鈿鑲刻極為精緻華麗。此外，宮殿內從銀盆到玻璃酒器，全都出自名匠之手，當初在賀州時便聽說全國第一流的工匠都聚集在宮廷工坊，如今一見果然名不虛傳。

「爹本來沒叫你來，是你堅持要跟，這時還來抱怨？」

「哼。」亮不耐煩地將頭轉向一邊。「大哥，你為什麼不生氣？我們上繳了那麼多的米穀和絲綢，朝廷卻連我們的蠶種也要搶奪。」

「不是搶奪，是進貢。這次的事情，能夠靠進貢來擺平，已經算是很幸運了。要是當今皇帝是個殘酷的人，搞不好會下令將我們沙那賣一族全部處死。」

私吞原本應該上繳的租稅，等於是與皇帝為敵，只要稍有差錯，很可能就會落得欺君犯上的罪名。而罪魁禍首，當然就是叔公。

「我們沙那賣一族並沒有軍隊，財富及智慧是我們唯一的武器。蠶種雖然珍貴，但我們沒有辦法永遠獨占，如果不找機會獻給朝廷，朝廷將來或許會動用武力搶奪。爹趁這次的機會獻上蠶種，乍看之下是委曲求全，其實是趁機賣個人情給皇帝。」

亮沉默不語，似乎並不滿意這個說法。晨無奈地嘆了口氣。亮是三兄弟中相貌最俊美的一個，那美貌來自於過世母親的遺傳，但這三男卻連母親的倔強性格也繼承了個十足十。

「……爹不管做什麼，大哥都會說是對的。」

「那也不見得，但是爹從來不曾做過不利於沙那賣一族的事。」

「到頭來還不是什麼都聽爹的。」

「那還用說嗎？」

沙那賣一族在傳統上特別尊敬年長者。父親說的話無論如何不可違逆，這幾乎已可說是理所當然的大前提。

「要是爹說要讓二哥當繼承人，大哥也會乖乖同意嗎？」

亮口中所說的「二哥」，指的當然是朝陽的次男。

晨瞪了亮一眼，亮將頭轉向一邊，說道：

「……大哥，我心裡有些發毛。爹到底想要在京師做什麼？」

「什麼意思？」

「爹大老遠來到京師獻蠶種，絕對不會只是遊山玩水一番就回賀州。他心裡到底在圖謀什麼？」亮從小就很神經質，而且有著相當敏銳的直覺，讓照顧他的乳母吃足了苦頭。

晨的腦海裡浮現了正在撰寫書信的父親身影。父親從來不做沒有意義的事，那封信到底是寫給誰的？

「……我也不知道，但是爹做的每件事都是為沙那賣族著想，你不用擔心。」

「爹做事情從來不跟我們商量……」亮呢喃說道：「從來不曾。」

晨對這一點也有極大的感觸。

——爹從來不需要我們的協助。

墨告

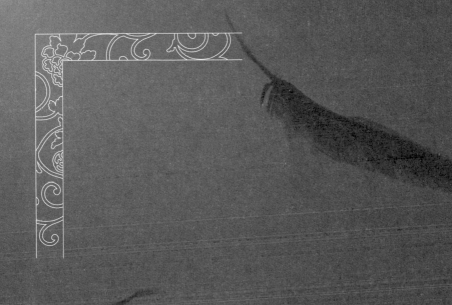

高峻輕輕將一顆棋子放在棋盤上。

「此時不救，此棋必死。」

壽雪指著棋盤上的另一個位置說道。

「但若救之……」

「會死更多的棋，丟掉更多的地盤。弈棋是一種搶地盤的遊戲，一定要洞燭機先，仔細推敲每一步棋的後果，不能只是想怎麼下就怎麼下。」

「唔……」壽雪皺起了眉頭。圍棋的世界果然博大精深。

「如何推敲，方可謂洞燭機先？」

「這就要靠熟練與直覺了。只要下的棋多了，自然就會懂。」

壽雪整個人仰靠在椅背上，說道：「待吾熟練，已是佝僂老婦。」

高峻輕輕一笑，說道：

「就讓我們一起下棋到變成老翁老婦，也沒什麼不好。」

「……汝心中暗思『吾可勝汝之日，必已成老婦』？」

「不，其實……唔，朕也不知道。」

壽雪心想，他原本想說的一定是「就算變成老婦也贏不了」，只是話到嘴邊又縮了回去。高峻這個人的好勝心，遠比她原本所想的要強得多，他能夠表現出一副泰然自若的模樣，是因為他知道憑壽雪的棋藝絕對贏不了他。

——一起下棋到變成老翁老婦……

從前的壽雪從來沒有想過年老之後的事，這不過只是讓自己更加心煩而已，就算真的能夠活到變成一個老婦人，那也只不過是日復一日的痛苦煎熬。

「兩位請用茶。」

九九端上茶來，壽雪頓時聞到了撲鼻的茶香，於是她與高峻一同從擺放著棋盤的窗邊走向小几，而兩人掛在腰帶上的魚形吊飾在走動的同時正微微搖曳。

「這是陛下所賜的蕪州茶，真的好香呢。」

隨著柔和熱氣不斷擴散的香味，確實有一種獨特的清新感。在這微涼的入夜時分，喝上一杯熱茶，的確能夠讓緊繃的身心獲得舒緩。此刻小几上還擺著茶點，今天的茶點是棗餡燒餅，同樣是高峻帶來的，直到現在，高峻依然沒有改掉每次拜訪都帶食物的習慣。

「朕知道妳愛吃蓮子，一直在煩惱不知該帶棗餡燒餅還是蓮子餡燒餅……最後選了棗餡燒餅，妳會不會有些失望？」

「吾雖好蓮子，棗餡亦甚美味。」

蓮餡鬆軟，棗餡酸甜，兩者都很美味。高峻見壽雪吃得狼吞虎嚥，也露出了心滿意足的表情。雖然做出符合高峻預期的舉動，對壽雪來說實在是有損自尊，但畢竟食物是真的美味，那也沒辦法。

「餘下燒餅，願與九九等人分食。衣斯哈已歇息，將於明日與之。」

壽雪說完，正要叫九九把那一盤棗餡燒餅收下去，此時高峻卻說道：「給他們吃的份，朕已經派人先送到廚房了。」

「汝真周到之人。」

「妳這宮裡，最近人也變多了。」

高峻在房間裡環顧左右。此時房內只有高峻及壽雪兩人，但白天可說是相當熱鬧。

「汝向言本宮人少，故宮人漸增。」

「以一宮的規模而言，夜明宮的人還是太少了……人手足夠嗎？」

「足矣。」壽雪道：「淡海雖言護衛人手不足，實則只為偷閒。溫螢亦言護衛兩人足矣，非多多益善。」

「好吧……」

高峻凝視著壽雪，表情顯得有些意外。

「何故如此覷吾？」

「沒什麼……朕只是沒想到妳跟護衛們也處得不錯。當初妳一直不願意增加人手，所以朕有些意外。」

壽雪不禁移開了視線。不在宮裡安排宮女及宦官，是因為當初麗娘再三告誡「烏妃必須習慣孤獨」。自打破了當初對麗娘的承諾，她的內心一直感到歉疚。

——但是……

「既置宮人，吾為其主，必當護之周全。汝亦曾言……既然助之，豈能復棄之不顧？」

當初壽雪為了該不該讓衣斯哈進夜明宮而猶豫不決時，曾說過這樣的話。

——朕認為妳也應該要有投注關愛的對象。不管是一個人、兩個人，還是一大群人。

當初高峻所說的這句話，如今壽雪已逐漸能體會個中深意。

「吾向謂聚眾則心懦，實則不然。」

侍從的真正功用，不在於服侍主人，而在於讓主人更加堅強。為了保護這些侍從，壽雪必須擁有一顆強韌的心，就像一棵人樹，絕對不能倒下。

高峻瞇起雙眼，感慨地說道：

「妳能有這樣的體悟，朕很開心，卻也感到有些寂寞。」

「寂寞？何言寂寞？」

「就好像……」高峻面無表情地歪著頭說道：「看著巢裡的雛鳥逐漸長大，快要離巢而去的心情。」

「汝謂誰為雛鳥？」

「這麼說好像也不太對，唔……」高峻一臉認真地思索片刻後說道：「總之看見妳和朕以外的人親近，朕的心裡會有些不是滋味。」

壽雪納悶地瞪著高峻，說道：「不是滋味？」

「有種擔心妳會被搶走的感覺。」

「吾乃活人，非囊中物。」

「朕知道，但就是會有這種感覺，朕也沒辦法。妳呢？妳曾有過這種感覺嗎？」

「從不……」

壽雪本來要說出「從不曾有」，話到一半卻戛然而止，這種好像有點寂寞，又好像有點不是滋味的感覺，自己確實也曾體會過。

她腦海中浮現出了一張臉孔——令狐之季。

「……」

「朕胡言亂語，妳別放在心上。」高峻見壽雪默不作聲，趕緊道歉。

「請妳忘了這些話吧，朕也不知道自己為什麼會這麼說。」

壽雪還來不及說明高峻與之季的關係所帶給自己的奇妙感受，那人卻已結束了這個話題。接著兩人之間陷入了一陣沉默，這沉默異常地漫長，直至遠方傳來了報時的鼓聲才終於打破。

「……朕該告辭了。妳需要什麼東西，朕下次可以帶來。」

高峻起身說道。

「別無所需。」

「人變多了，需要的東西應該也會增加。如果妳想到什麼，隨時寫封信，朕就會派人幫妳送來。」

「所需之物，花娘多已為吾備齊。書籍筆硯，諸般吾未提及者，一應俱全。」

「原來如此，被花娘搶先了一步……花娘果然比朕周到得多，朕贏不了她。」

「並非敵對，何分高下？」

「除了拿一些食物來之外，朕似乎幫不上什麼忙。」

高峻雖然面無表情，口氣卻顯得有些沮喪。壽雪不禁心想，這皇帝真是古怪，有時間關心自己，怎麼不多關心其他妃嬪？

「食物最佳。」是因為不忍高峻繼續沮喪下去嗎？壽雪補充道。

幸而這話之於高峻似乎十分受用，此刻他的臉上露出了淺淺的笑容。

「好吧。」

一打開門，便看見衛青候在門外。近來高峻駕臨夜明宮，他總是站在門外等候，不再像從前一樣跟隨高峻入內，至於理由，壽雪當然一無所知。只見衛青對著高峻跪下行禮，對自己卻連瞧也不瞧一眼。

「回凝光殿。」高峻說道。衛青立即點亮燭臺，轉身在前引路，而壽雪便站在原地，默默目送兩人離去。近來每當高峻辭別，她總是會像這樣站在門口看著燈火遠去，幾乎已經變成了一種習慣。

——就讓我們一起下棋到變成老翁老婦，也沒什麼不好。

壽雪看著遠方搖曳的燈火，在心中反芻著高峻所說的話。

——這意味著就算兩人變成了老翁老婦，關係也不會改變。

高峻這輕描淡寫的話語，彷彿照亮了壽雪的腳下。這已經不是第一次了，雖然前方的道路一片黑暗，高峻卻總是能靠著平凡無奇的幾句話，一寸一寸地照亮自己眼下的路面。

能隱約映照出高峻與衛青身影的燈火，在壽雪視線的遠端逐漸越縮越小。

近來夜晚暑氣漸退而寒意漸增，這給人一種夜色逐漸變得冷冽而鋒銳的錯覺，夏夜的那種厚重與濃稠感，不知不覺已消失得無影無蹤。黑夜雖然純淨透明，但另一頭所透著的依然是黑夜，彷彿沒有邊界般地無窮無盡；而純淨同時意味著濃度高，因此在暗中每吸一口氣，都感覺有大量的夜色滲入了胸中。

當火光消失在遠方盡頭之時，壽雪身上的衣衫亦同時猶如吸飽了黑暗，變得又冷又重。

照亮了前方路面的火光微微搖曳，如同衛青正起伏不定的內心。

「衛青，朕跟烏妃沒說什麼祕密，你不必到外面去。」

「是……」

雖然高峻這麼說，衛青卻仍因心亂如麻，不知道該如何面對壽雪。過去衛青完全沒有料到，自己對她竟然會產生這樣的心情，而一切起因，只不過是他發現壽雪很可能是自己同父異母的妹妹。隨著日子一天天過去，這個事實就像一塊重石，沉沉地壓在自己的胸口。

——血脈的力量竟然如此強大！

最大的原因，或許在於衛青是一名宦官吧。他的父母皆已經過世，亦沒有其他兄弟姊妹，他一直以為自己與「血脈」兩字不會有任何瓜葛。雖然有幸侍奉了一名讓自己願意鞠躬盡瘁的賢主明君，但撇開高峻不談，衛青在這世上可說是孑然一身，沒有任何親人。

——我有了一個妹妹。

這個事實有如驚濤駭浪一般衝擊著衛青的內心。

——但是那名少女……對大家來說卻是個危險人物！

光是烏妃這個身分就已相當棘手，更何況她還是前朝餘孽！

絕對不能讓大家和那少女太過接近。光是當朋友便已極為不妥，倘若他們兩人……一股不安感在衛青的胸口揮之不去。

衛青偷偷朝身後瞥了一眼。不知道大家有沒有察覺？每當大家與壽雪相處時，他臉上總是會流露出從來不曾在他人面前流露過的表情。他們之間那股既非友情又非愛情的強烈情感，喚醒了衛青心中最強烈的恐懼。

那股類似黴味的墨水氣味，總是能帶來心靈的平靜。之季將竹簡從棚架上抽出時，不禁深深吸了一口氣。

洪濤殿書院的史館分為大廳及數間小房間，這裡所有的空間全部都是書庫。除此之外，城內的其他地方也還有好幾座史館，收藏的典籍文獻多得難以數計。有些史館主要負責史書的編纂作業，有些史館主要負責蒐集全國的家傳、地方史及地理誌，有些史館主要負責保管從前的公文。蒐集這些典籍文獻的目的，原本只是為了編纂史書之用，但是「書籍為珍貴的財富」是打從前朝時代就留傳下來的觀念，因此直到現在，各史館依然全力蒐集著各種不同種類的典籍文獻。

前朝的開朝皇帝，便已制定律令，要求全國臣民獻上各種地理誌及奇譚異誌，這可說是國家開始蒐集各種典籍的濫觴。凡是獻上典籍者，朝廷都會賞賜絹帛，可見得當時應該引發了一場全國性的蒐集典籍熱潮。

這座史館所收藏的書籍種類繁多，從古老的律令紀錄到風格獨特的異國典籍抄本，都在這間史館的收藏範圍之內。除了紙卷之外，還有大量的竹、木簡及帛書，分別收藏在不同的書庫內。

尤其是前朝不知道第幾代的皇帝曾下令，將書庫角落那些嚴重老朽且沾滿了灰塵的古老文書蒐集起來重新抄錄及編纂。由此而保存下來的珍貴文獻，成為研究古代風俗習慣的重要參考資料。

「令狐哥，何中書令吩咐要追加這些。」

一名見習學士走了過來，將一張紙片交給之季。新就任中書令的何明允，是個相當愛使喚人的上司，由於「哪一份古籍資料放在哪一間書庫裡」只有之季最清楚，因此落在其肩頭的工作也最沉重。不過當初如果沒有何明允的舉薦，他絕對沒有辦法當上學士，更何況此時他還住在明允的家裡，所以自己完全不敢違逆明允的指示。之季原本打算等學士的工作上手之後，就要搬出明允的家，但是明允以「反正家裡有空房間」為由，慰留他繼續住下來。

——多半只是想將自己留在身邊，以方便監視吧。

之季心裡如此想著。他知道自己並沒有完全受到信任，至今明允依然懷疑自己與沙那賣一族有所勾結。

然而事實上之季只是遭到利用而已。

當初之季遭朝陽的叔叔下毒，逃出了賀州。事後回想起來，倘若朝陽想要置自己於死地，自己根本無法活著離開賀州，自己之所以能平安逃離賀州，完全是因為朝陽想要藉自己的口，將「沙那賣意圖不軌」的嫌疑傳至朝廷。而朝陽刻意放出這樣的消息，當然是為了方便在事後能夠名正言順地除掉叔叔，讓他可以這麼告訴所有人：「叔叔曾經企圖謀殺觀察副使的事情，已經傳入了陛下的耳中。」

一想到朝陽這個男人，之季便不禁怒火中燒。自己不僅在鬼門關前走了一遭，且直到現在依然無法洗刷嫌疑，這些當然都得怪到那男人的頭上。而後他不禁又想，朝陽與八真教不知是否有所勾結？抑或，有勾結的只是朝陽的叔叔，朝陽本人與八真教並沒有往來？

——八真教主白雷……

一想到那個教主，之季便感到不寒而慄，彷彿心頭蒙上了一層陰影，一股陰鬱的恨意也自內心深處油然而生。妹妹小明死於非命，那個男人要負最大的責任。

八真教的前身是月真教，小明所嫁入的家庭，全家都是月真教的信徒。而白雷竟然煽動這些信徒，將她毆打致死，雖然那一家人已全數遭到處死，但白雷卻依然苟活著。一想到小明那慘不忍睹的死狀，之季便氣得全身顫抖，恨得咬牙切齒，巴不得立刻將白雷碎屍萬段。

驀然間，之季望向自己的右手。那是一只白皙、纖細而柔弱的女人手掌，正捏著之季的袖口——那正是小明的手。之季閉上雙眼，緩緩吐了一口氣。當他再度望向袖口時，那隻手已經消失了。

那只白皙的手掌經常會出現在之季的袖口上，彷彿在勸諫之季不要被仇恨沖昏了頭，只要之季依然憎恨著白雷，妹妹小明的魂魄就無法往赴極樂淨土。儘管之季由衷希望小明能獲得解脫，卻又不甘心就此放下心中的仇恨。

——為什麼不讓我放手去恨？

之季仰靠著棚架，心中有股不管是前進還是後退都無路可走的困頓感。

「……你還好嗎？」

那把清脆爽朗的女性說話聲，讓之季回過了神來。

映入之季眼中的，是一名身穿翡翠色衫襦及青瓷色長裙的美麗女子，正是鴦妃雲花娘，在她身後，還跟隨著數名侍女及宦官。花娘有時會來這裡借書，之季不久前也遇過一次。

「……鴦妃娘娘，請恕微臣失禮。」

之季趕緊跪下行禮。

「請起，是不是身體不舒服？」花娘關心道。

「微臣沒事，只是有一點睡眠不足。」

「睡眠不足是萬病之源，絕對不能輕忽。你該喝些藥湯，把身體調養好。」

「是……謝娘娘關心。」

之季作了一揖，等著花娘轉身離去，但是眼角餘光所瞥見的青瓷色長裙卻遲遲沒有移動，他可以清楚地看見那裙子上以銀線所繡的連珠紋。鴦妃身為妃嬪之首，穿著打扮低調中而不失高雅，並不過度追求雍容華貴，反而在在顯現出她是一個慧黠而賢能的女人。

但是……她為什麼沒有轉身離開？之季不禁感到心中納悶。難道是希望自己幫忙找什麼古書典籍嗎？

「我記得……你是歷州出身？你在歷州待了多少日子？」

之季心裡微感詫異，不明白鴦妃為何突然問這個，但還是老實回答道：

「微臣在二十歲前，一直待在歷州，其後便周遊各地，在許多地方都擔任過官員。」

「原來如此……」

花娘似乎想說什麼話，但遲疑了一下，最後什麼也沒說。之季驀然想起，高峻曾經說過，花娘在歷州失去了一位故友。

——難道也是因為那起月真教的暴動？

之季雖然心中這麼推測，但又不方便主動詢問，只得默不作聲。月真教崛起於歷州，最後因信眾暴動而覆滅，數年之後，賀州又出現了八真教信仰，後來八真教也因為教主白雷遭逐出賀州而瓦解。然而他暗自推測，白雷一定還會找機會建立起類似的組織。

「我想借《海隅神異經》，請問你知道放在哪裡嗎？」

花娘忽然問了另個問題，彷彿從來沒問過剛剛那句話。

之季也裝作若無其事地回答道：

「前朝的異誌類書籍放在另一頭，請隨微臣來。」

之季將花娘帶往書庫的深處。一片寂靜的空間中，瀰漫著墨水的氣味，耳中只聽得見她髮髻上步搖的清脆晃動聲。之季不禁心想，這個女人就跟那步搖的音色一樣，帶有一股清涼感，而且整個人散發出一種難以言喻的惆悵氣息。至於理由，就不得而知了。

「啊……」

背後的花娘忽然發出了一聲輕呼。

「娘娘，您還好嗎？」之季轉頭問道。花娘停下腳步，凝視著旁邊棚架的另一頭。

「請問發生什麼事了嗎？」之季又問道。

「……剛剛我好像看到那邊有位學士，怎麼一下子就不見了？」花娘歪著頭說道。頭上的步搖再度發出清脆的叮噹聲響。「難道是我看錯了嗎？」

「啊啊……」

之季也跟著望向棚架的另一頭。

「娘娘也看見了嗎？我們這裡的學士，幾乎每個都見過。」

花娘目不轉睛地看著之季問道：

「什麼意思？」

「那是個幽鬼，偶爾會出現。」

之季說得輕描淡寫，花娘卻是大吃一驚。

「他不會做什麼危害世人的事，請娘娘放心。」之季接著說道：「聽說他在尋找他抄寫的古籍……微臣也是從其他學士口中聽來的，是真是假並不清楚。」

「他抄寫的古籍……？」

「聽說這名幽鬼是前朝的『經生』。包含《海隅神異經》在內，那個時代的皇帝下令抄寫了許多太過老舊的古籍文獻，負責抄寫的人，就稱作『經生』。那名幽鬼正是一名經生，據說他因為私吞了上頭配給的紙、筆之類的文具而遭到處死，上頭的人認為不能讓遭處死之人所抄寫的書籍留在書庫裡，將他抄寫的書籍全部找出來銷毀了。據說這經生很不甘心，所以化成了幽鬼，經常在書庫裡尋找著他當年所抄寫的書籍。」

之季第一次看見那幽鬼，是大約一個月前的事。

當時他正在書庫裡做一些雜務，偶然間轉頭一看，就看見了那幽鬼，那幽鬼背對著之季，站在棚架前，目不轉睛地盯著上頭的書卷。之季一眼就看出那不是一般的學士，一來是因為幽鬼的身上穿著刈安色❶的長袍，有別於現今學士所穿的青綠色長袍；二來則是因之季從那幽鬼的身上感受不到一絲活人的氣息。

當然之季能夠看出那是幽鬼，或許還有一個原因，那就是之季的袖子經常被妹妹的幽鬼拉著，所以對幽鬼頗為熟悉。總而言之，之季一發現那幽鬼，便屏住了呼吸，仔細地觀察著。只見那幽鬼忽然轉過身，頭垂得極低，一步步地走遠，模樣顯得相當頹喪，由於幽鬼的臉部蒙上了一層陰影，故無法看清他的表情。

照理來說，即便身處陰暗環境中，在這麼近的距離之下，應該多少能夠分辨出五官及表情才對，但是那幽鬼的臉上卻是一片灰暗，什麼也看不清楚。只見那幽鬼身上的長袍相當骯髒，從胸口到下襬，以及兩手的袖子上全是墨漬，光從這一點，便可以看出他確實是一個以書寫為業的人。那幽鬼就這麼垂頭喪氣地走著，不一會兒便消失得無影無蹤。

之季總共看見過那幽鬼三次，或許是因為他待在書庫裡的時間長，所以遇見幽鬼的機會也增加了吧。眾多的學士裡頭，有少數幾個直到現在連一次也沒見過。

「真是可憐的幽鬼。」

花娘的口氣中充滿了哀憐之意。對此之季不發一語，只是在棚架之間繼續前進，直至找到花娘所說的古籍書卷為止。

然而當之季拿著書卷返回原處時，花娘依然愣愣地看著幽鬼消失之處。

「不知道該不該告訴烏妃呢？」花娘呢喃自語。

「咦？」

「沒什麼……我只是在想，該不該請烏妃來處理。這裡不是後宮，我擅自作主似乎不太好，但又不希望為了這種小事勞煩陛下……」

「唔……」

「還是告訴烏妃好了。」

花娘自己做出了結論，自顧自地點頭道：「那幽鬼若能得到烏妃幫助，也是件好事。」

「這個嘛……微臣倒不這麼認為。」之季忍不住反駁道。

花娘沒有想到自己會遭受反駁，睜大了眼睛問道：

「怎麼說？」

「微臣認為不如就讓那幽鬼繼續尋找，直到他心滿意足為止，也沒什麼不好，似乎並沒

1　芒黃色。

有必要強行將他送往極樂淨土。」

「倒也不能說是強行……而且他再怎麼找，也不可能找到他抄寫的書籍，不是嗎？」

「這可不見得，畢竟我們都不清楚當時的狀況，或許運氣好，能夠找到也不一定。」

「嗯……」花娘將頭歪向一邊，沉吟了起來，而那步搖所發出的清脆聲響，就在之季的耳畔不斷迴盪。

「你不希望將幽鬼送往極樂淨土？」

之季先是朝自己的右手袖子瞥了一眼，才答道：「……倒也不是。」

能夠順利送往極樂淨土，固然很好，但是……

「每個幽鬼的狀況並不相同，不見得每個幽鬼都會想要前往極樂淨土。」

——原來我只是在為自己找藉口。

因為自己的關係，小明至今仍無法往赴極樂淨土。

「……請娘娘恕罪，微臣只是有些不善於向烏妃娘娘求事。」

「咦？」花娘吃了一驚，問道：「你見過烏妃？」

「是的，因為一件私事。」

「噢……」花娘聽出了之季的弦外之音，不再追問「私事」是指什麼事。

「原來如此……烏妃個性溫柔和善，你怎麼會跟她有隔閡？」

「或許正因為烏妃娘娘的溫柔和善……」

之季說到一半，沒有再說下去。

正因為烏妃太過溫柔和善，讓自己在面對她的時候，有種遭受責難的感覺。

為何堅持活在憎恨的世界裡？為何寧願讓小明的魂魄逗留人世，也不願意放下仇恨？之季彷彿可以聽見烏妃這麼責問自己，然而他並不認為烏妃能夠理解自己的心情，即便他也明白自己的堅持是錯的，烏妃的想法才是正途，應該讓小明獲得解脫才對。

但是……

「我明白你的意思了。但是……這與該如何處理這裡的幽鬼，應該是兩件截然不同的事。」花娘以溫和卻堅定的口吻說道：「我會問問烏妃該怎麼做比較好。你放心，烏妃那個人絕對不會強人所難。」

花娘伸手接過之季手中的古籍，將話題拉回她起初來訪的目的。「這就是《海隅神異經》嗎？謝謝你。」在將古籍交給身後的宦官後，她朝著之季微微一笑，接著說道：

「我看你剛剛好像很痛苦……請保重。」

當花娘轉身離去之時，她頭上的步搖再度發出了冷冽的清脆聲響。

那清脆的音色在之季腦中不斷迴盪，久久揮之不去。

✿

花娘帶著古籍造訪夜明宮，劈頭便這麼問了一句，而「阿妹」則是花娘對壽雪的暱稱。

「阿妹，妳知道洪濤殿有幽鬼嗎？」

「洪濤殿……？吾全然不知。」

「書庫裡有幽鬼到處遊蕩呢，我剛剛親眼看見的。」

花娘說得氣定神閒，一點也沒有害怕的感覺，只能說不愧是妃嬪之首。

「城內處處有幽鬼，非僅後宮之中，豈能盡化度之？」

「畢竟這裡從前朝就是宮城，幽鬼當然數量不少。」

「既是宮城，必然死者無數，血流成河。」

處刑、肅清、暗殺、咒殺……這座城裡可不知死過多少人，而誅九族的例子也不在少數，累積至今的怨念可說是大得難以想像。

「洪濤殿幽鬼是何來歷？」

「似乎是前朝時代的幽鬼……妳認識洪濤殿學士令狐之季嗎？」

壽雪端起了茶正要喝，聽到這句話又將茶杯放下，說道：

「吾知此人……彼為新任學士，前為賀州觀察副使。」

「是他告訴我的……這個人看起來總是一臉悲涼哀戚的神情。」

壽雪細細回想著當初對之季這個人的印象。儘管這個人面色和善，看起來就像是個出身於富商之家的良好青年，但是雙眸卻異常晦暗而陰鬱，猶如初春的日蔭處，看似溫暖，卻帶給人一股椎心刺骨的寒意。

「……此人面帶憂色。」

好像只要一個不留神，就會墜入黑暗的萬丈深淵，讓人不禁為他捏一把冷汗。

「令狐之季以幽鬼之事告汝？」

壽雪心想，多半是花娘前往借書時，跟之季聊到了這件事吧。一問之下，果然沒錯。花娘將那幽鬼為了尋找書籍而在書庫內遊蕩徘徊的事情一五一十地說了，壽雪聽完之後沉吟了一會兒，說道：

「欲尋己所抄寫之書？往昔遍尋不著，當無之。」

即使找了這麼多年，還是不肯放棄，真不禁為這幽鬼感到悲哀。

「若此傳說為真，其情可憫……然幽鬼在洪濤殿，吾等擅作主張，恐令高峻困擾。」

若是處理後宮內的事情也就罷了，在未經許可的情況下擅自在宮外採取行動，實在有損皇帝的顏面。

沒想到花娘竟嗤嗤笑了起來，彷彿聽見了什麼有趣的話。

「沒想到妳竟然會為陛下的事擔心，下次我一定要告訴陛下。」

壽雪皺眉道：「彼為帝，當顧及顏面。此等道理，吾亦知之。」

「呵呵……阿妹，既然是這樣，妳何不寫一封信給陛下，請求陛下的許可？這麼一來，就可以顧及陛下的顏面。」

壽雪則心想，如果是會給高峻添麻煩的事情，就算是先取得了許可，麻煩的本質仍不會改變吧。但略一沉吟後，還是接納了花娘的提議。

「妳應該常常和陛下通信吧？」

「偶為之。」

「那很好。」

「彼贈紙與吾，不忍棄之，故偶修書付彼。」

「是嗎？」

花娘面露微笑，點了點頭。

「這種事情是多多益善，今後也請妳多寫信給陛下，他一定會很開心。」

花娘的口氣，簡直像是個關心弟弟的姊姊，高峻與花娘從以前就是這樣的關係。

「阿妹，我打算抄寫這份古籍，把抄本送給妳。對衣斯哈現在的年紀來說或許太難了，但將來應該能派上用場。」

花娘很關心衣斯哈，總是像這樣想盡辦法為那宦官少年做點什麼。

壽雪道了謝，花娘開心地笑著說道：

「我才要謝謝妳，讓我有了努力的目標，教導孩子實在是一件令人快樂的事情，如果還需要廢紙的話，隨時再跟我說。」

說完這些話後，花娘便離開了。壽雪心想，她說的這番話，應該是真心誠意的吧，過去她一直活在對過世情人的思戀之中，未來的人生或許也不會有所不同。當然這樣的人生態度是否正確，自己沒有辦法也沒有資格評斷。

既然花娘這麼熱心，下次或許可以和她討論衣斯哈的教育問題。壽雪一邊如此想著，一邊走向櫥櫃，取出了麻紙及墨硯，準備寫信給高峻。

來自壽雪的信上，寫著洪濤殿幽鬼的事情始末。壽雪主要的訴求有兩點，第一點是希望高峻調查「遭處死的經生」傳聞是否為事實，第二點則是希望高峻能夠同意，讓她到洪濤殿見一見這名幽鬼。除了這些內容之外，信中沒有寫任何其他任何文字，可說是非常枯燥乏味的一封信。但是當高峻坐在內廷的房間裡讀這封信時，臉上卻漾起了微笑。

壽雪很少會像這樣為了做一件事情，特地徵求高峻的許可，或許那是因為這並非後宮裡的事情吧。過去也有幾次，壽雪為了宮外的事情寫信給他，雖然她平常總是一副連皇帝也管不著自己的態度，但其實是一個為人處事相當謹細的人。

「衛青，分別派使者前往夜明宮及洪濤殿。」

「是。」衛青應道。

「告訴壽雪『妳自己看著辦』。只要這麼說，她就知道意思了。另外針對那經生幽鬼的事，吩咐令狐之季調查相關文獻紀錄，確認是否有此人物。」

如果那經生是遭到處死，必然會留下紀錄。前朝的公文資料頗有參考價值，所以都還完整保存著，如果真有此人，一定能查得到。

衛青領命，離開了房間。過了一會兒，一名雜役宦官有些匆忙地走進來說道：

「沙那賣朝陽求見。」

「……噢？」

高峻略一思索，說道：

「帶他到弧矢宮等著。」

——朝陽主動求見，不曉得有什麼事？

高峻心裡如此想著。

弧矢宮位於內廷的郊區，在用途上類似不受人打擾的隱密宅邸，由於並非會客用的宮殿，格局及擺設皆是樸實無華，然而周圍不僅被高牆環繞，且有著鞏固的瓦蓋院門，戒備可說是相當森嚴。

孤矢宮的殿舍只有一座，從院門到殿舍之間的地上鋪設的是打磨光滑的鵝卵石，屋頂邊緣處有著乘龜老人造型的飾瓦，懸掛在屋簷下方的吊燈上有著波浪圖紋的鏤雕。除此之外，宮中沒有任何其他的庭園造景，小小的殿舍周圍全是白沙，有如一片白色的大海。

高峻乘著轎子經過院門，在殿舍的臺階前下了轎子，當他一走上臺階，便看見朝陽跪在殿內。一陣涼爽的清風拂過了宮殿，圍繞著房間的銅幡隨之搖曳，發出了鏗鏘聲響。

而鑲嵌在殿舍石頭地板上的星斗圖騰，顯然在設計上加入了咒術、占卜的要素，但就連高峻也不清楚其背後的含意。他走到榻上坐下，對著跪在地上的朝陽說道：

「每當要談不想被他人聽見的話，朕就會來這裡。」

朝陽的嘴角微微一顫，但什麼話都沒說。

「場面話就省了，直接講正事吧。你找朕有什麼事？」

「是……」

朝陽低頭行禮，兩眼半開半闔，開口說道：

「那麼，小人就開門見山地說了。敢問陛下，為什麼讓烏妃活著？」

高峻完全沒有料到朝陽會問出這句話，愣了片刻後才說道：

「……這不是你應該過問的事。」

連高峻自己也沒有意料到，自己的聲音竟會是如此冰冷而低沉。

「小人深知自己問這句話是過於僭越，但是正如同小人曾說過的……小人願意為陛下鞠躬盡瘁，全力輔佐陛下。因此明知道會冒犯天威，小人還是必須對陛下提出忠告……烏妃是前朝餘孽，留之必成禍害。」

原本聽到「為什麼讓烏妃活著」這句話時，高峻心中便已有了心理準備，但朝陽的最後一句話，還是讓他倒抽了一口涼氣。

——他為什麼會知道壽雪是前朝皇族後裔？是誰洩漏了消息？

後宮裡有朝陽派來的間諜，這是高峻早已預期的事情。那間諜多半就在……泊鶴宮內。

「你沒資格管這件事，注意你的身分。」

高峻冷冷地說道。朝陽沉默了半晌，刻意壓低了聲音說道：

「懇請陛下聽小人一言。」

「……說吧。」

「小人並不清楚烏妃肩負什麼樣的職責。據說她是一名擅長巫術的妃子，這聽來荒唐可笑，但畢竟後宮總有些長年延續下來的傳統習俗，這部分小人並不打算置喙……小人想強調的是現任的烏妃實在太過危險。」

朝陽的目光瞬間變得犀利，那不是薄而鋒銳的的劍刃，是尖而厚實的長矛。

「據傳崇拜景仰烏妃的人不在少數，這一來是因為她繼承了前朝的血脈，二來是因為烏妃這個身分實在太過特殊。以陛下的聰明才智，一定能夠明白這樣的人物實在相當危險，肯請陛下將她監禁或是處死，以免養虎為患。」

——他說不清楚烏妃肩負什麼樣的職責，這話不知道是真是假？

高峻在心中暗忖。烏妃的前身是冬王，夏王一旦少了冬王，就沒辦法繼續當皇帝……朝陽似乎沒有查出這個歷史祕密。

抑或朝陽早已查得一清二楚，只是故意裝傻？高峻暗想，假如自己是朝陽，絕對不會讓對手知道自己掌握了多少機密情報。只在最能發揮效果的時機點，才揭露特定的情報，平常必定是三緘其口。

——不管他是真的不知道，還是在裝傻……

既然朝陽聲稱不知情，自己當然也不能先說出真相。

「或許在你想來，除去烏妃是易如反掌的事情，但這件事有不能做的理由。這個理由是什麼，朕不能告訴你。套一句你自己說過的話，這與『長年延續下來的傳統習俗』有關。」

朝陽沉默不語，只是凝視著高峻的膝蓋附近，似乎陷入了沉思。半晌之後，朝陽說道：

「不殺烏妃，是基於傳統習俗……？」

「嚴格來說並非如此。」高峻說道。就算撇開這些不談，自己也不可能殺死壽雪。為了壽雪，自己甚至想要顛覆那些傳統習俗。「但這也不是你應該知道的事。」

從此刻朝陽的表情，難以看出他心中在想些什麼，他仰頭對著高峻說道：

「違背這個傳統習俗所帶來的後果，會比前朝餘孽可能引發的亂事更加嚴重？」

「……沒錯。」

高峻停頓了片刻才作出回應，是因為自己從來不曾在心中真正比較過這兩件事何者比較嚴重。當然如果要比較的話，失去冬王的嚴重性，是讓一名前朝皇族後人活著所遠遠不及的……但是對他來說，這只不過是讓壽雪活下去的藉口。

然而高峻想要讓壽雪從烏妃的束縛中解脫，卻也意味著會讓這個藉口消失。

——想要拯救壽雪的企圖，反而會讓壽雪的生命遭受威脅。

這樣的矛盾，讓高峻感覺彷彿喉頭梗了一顆石塊。

「小人明白了。」

朝陽拜伏在地，說道：「小人思慮不周，言語失當，請陛下恕罪。」

「無妨……」

——這個男人……

高峻命朝陽退下，整個人仰靠在榻背上，看著環繞房間的銅幡。微風拂來，銅幡碰撞，發出清亮而高亢的聲音。

其實高峻心裡很清楚壽雪這個人的存在隱含著什麼樣的風險，只是一直逃避面對。沒想到卻被朝陽當面一語道破。

——就算朝陽不提，自己其實心知肚明。

明知道這麼做的風險極高，高峻還是想要拯救壽雪，想要與壽雪成為摯友。明知道這很可能打從一開始就是個錯誤，他還是無法阻止自己這麼做。

晚霞來到了沙那賣一行人所暫居的離宮鯊門宮，等待著父親出現。這是她自從入宮之後第一次離開後宮，不過嚴格說來鯊門宮也仍位於宮城之內，並不算真正離開宮城。

殿舍的西南側有一座池塘，池面上架設著石造露臺，露臺內有著紫檀木圓桌及椅子，桌上已備好了茶。然而她連一口都沒喝，那茶也早就涼了，由於侍女及隨從都已退下，所以也沒有人上前換茶。晚霞面對著映照在池面上的藍天及庭園內的蒼翠松枝，卻彷彿對眼前的美景全然視而不見。

待她心情才剛稍微恢復冷靜，外廊忽傳來腳步聲及衣襬摩擦聲，讓晚霞霎時又緊張得不敢呼吸。那腳步聲不疾不徐，明明速度極快，卻又顯得氣定神閒，沒有一絲一毫多餘的動作，便是衣襬摩擦聲也比其他人少得多。

那是父親的腳步聲。

晚霞趕緊起身迎接父親，就在這時，父親朝陽也剛好從外廊走進露臺。朝陽瞥了她一眼，卻只是冷冷地說了一句：「下次在裡頭等就好了。」

父女兩人已數年未見，此刻朝陽見到女兒的第一句話，卻沒有流露出絲毫的情感。

「爹，好久不見了。」

「為什麼沒聽我的話？」

朝陽討厭任何多餘的事情。越是對親近之人，朝陽說起話來越是惜字如金，不管是寒暄招呼，還是閒話家常，對朝陽來說都是沒有意義的行為。就連一句「最近好嗎」，在他心裡都是多此一舉。

晚霞明明知道父親就是這樣的人，心裡還是有點難過。

「爹說的是哪一句話？」晚霞咬著下嘴唇問道。

朝陽皺眉說道：

「明知故問，只是浪費時間……我叫妳不要接近烏妃，為什麼妳不聽話？」

「……我沒有接近烏妃。」

「妳不是偷偷溜出泊鶴宮去見她？」

「……」

多半是侍女告的密吧。自己的一舉一動，全在父親的掌控之中。

「爹，為什麼我不能接近烏妃？」

「因為她是前朝餘孽。」

朝陽說得輕描淡寫，晚霞卻是驚愕不已。壽雪是前朝餘孽？

——前朝的皇族後人，不是都已經遭到斬首了嗎？

「不久前，陛下廢除了前朝皇族的誅殺令……那應該就是為了迴護烏妃吧。看來陛下非常寵幸烏妃。」

朝陽面帶憂色地說道：

「陛下向來剛正不阿，這實在不像是陛下會做的事。烏妃這個人，怎麼想都是個禍水。如果不早點除掉，不久之後一定會導致朝廷內部生變。倘若有人拱烏妃造反，所有與其親近之人都會遭到波及，所以我才叫妳不要靠近她。」

「……可是她……怎麼可能是前朝餘孽……」

「我也是看了妳的信，才知道這件事。妳說她的頭髮顏色是染過的，原本的頭髮顏色不知道是白色還是銀色……要求證一點也不難，只要派人設法取得她掉落的頭髮就行了……烏妃的頭髮是銀色，這是前朝皇族後裔的鐵證。」朝陽說道。

晚霞一聽，頓時臉色慘白。她從小在距離京師非常遠的賀州長大，且甚少離開宅邸，對她來說，前朝就跟異國沒有兩樣。正因如此，才會不知道銀髮是前朝皇族後裔的特徵。

——當初如果知道這一點，會對父親隱瞞這件事嗎？

晚霞凝視著早已涼了的茶，思考著這個問題。然而她眼前什麼也看不到，腦中當然也找不出這個問題的答案。

「我再警告妳一次，不要接近烏妃。這不只是為了妳好，更是事關整個沙那賣家族的存亡。」朝陽說完這句話，便快步離開了露臺。

晚霞聽著父親離去的腳步聲，卻仍動也不動，只是緊盯著眼前的茶。

「怎麼，妳被爹叫來了？」

不遠處忽傳來粗魯的問話聲。晚霞抬頭一看，年紀比自己大一點的哥哥沙那賣亮，就站在外廊的附近。沙那賣亮的背後還站著一個人，仔細一看，那是最大的哥哥沙那賣晨。沙那賣亮邁開大步，朝著晚霞走來，他的腳步聲及衣襬摩擦聲都非常之大，與父親截然不同。大哥沙那賣晨也跟著邁步，他的步伐又與沙那賣亮區別開來，顯得斯文而溫吞，行走時膝蓋幾乎不抬起，由此亦可看出他的謹慎性格。

「好久不見了。爹也真是的，沒有把妳要來的事情告訴我們……爹呢？」

「……已經進去了。」

「怎麼，爹不陪妳說話？虧妳還準備了茶，真是白費力氣。」

亮說起話來就是這麼粗線條，不懂得察言觀色。晚霞瞪了他一眼。

「爹大概是很忙吧。」

「爹平時就算再忙，也會花時間陪客人。看來妳的重要性比客人還低……」

晚霞拿起桌上的茶杯，朝亮潑去。

「好冰！妳這臭丫頭，還是跟以前一樣……」

「夠了，你們兩個已經不是小孩子了，還這樣吵吵鬧鬧，不害臊嗎？」晨冷冷地說道。

「別因為跟小妹久別重逢就故意捉弄她。」晨這麼斥責亮。「妳身為妃子，怎麼可以做出這麼粗魯的行為？」接著又轉臉斥責晚霞。

晚霞不禁心想，看來大哥變得比以前更加高傲自大了。由於朝陽很少和孩子說話，大哥從小就肩負起管教弟弟妹妹的責任，經常被弟弟妹妹搞得一個頭兩個大，也算是相當辛苦。但是他那種高高在上的說話方式，總是讓人忍不住想要反抗他。

亮將頭轉向一邊，晚霞也臭著臉不再說話。晨仔細打量妹妹的臉，狐疑地皺眉道：

「妳的氣色看起來很差，是不是身體不舒服？」

「沒有啊。」

「不，妳的臉色真的很難看，還不快去躺著休息一下。」亮也跟著說道。

「我得要回去了。」晚霞起身說道。

「咦？這麼快就要走？」亮吃了一驚。

「我不能離開後宮太久。」

轎子還在外頭等著。既然已經見過了父親，沒有必要繼續待在這裡。

「記得多來這裡找我們，我們會在這裡住上一陣子。」

「除非爹叫我來。」

「妳這臭丫頭……」

亮還在咕噥個不停，晚霞不再理他，走出了露臺。

——有什麼事情是自己能做的？

是否應該告訴父親「烏妃並不是那麼危險的人物」？

——但是就算說了又怎麼樣？爹絕對不會相信的……

壽雪在獲得了高峻的許可之後，便啟程前往洪濤殿。若以烏妃的裝扮前往，可能會讓洪濤殿的學士們大吃一驚，所以又扮成了宦官的模樣。這次她同時還帶上了溫螢與淡海，在旁人的眼裡，就是平凡無奇的三名宦官。

之季站在殿舍前，恭候壽雪到來，他看見烏妃身穿宦官服色，顯得有些吃驚。而壽雪朝之季的袖口瞥了一眼，纖白的手掌仍尚未消失。

「諸如異國的博物誌及法令、詔敕、曆法等等，與朝政有關的文獻資料都必須抄寫。因此就算是如今的洪濤院，也有很多人負責抄寫的工作……娘娘想看一看嗎？」之季問道。

壽雪點了點頭。抄寫典籍的工作實際上是如何進行，壽雪並不清楚。

「這邊請。」

之季打開了一扇門。門後的房間並不大，牆邊有著一排排的棚架，架上堆滿了書卷。中央有一張長桌，一群年輕人手握毛筆，正全神貫注地抄寫著典籍，每個人身上的長袍都沾著墨漬。即便壽雪等人走進房內，也沒有任何人抬起頭來。或許是為了把字寫得工整，不敢隨便亂動吧。

「抄寫典籍的工作還分為『裝潢』、『經生』及『校生』，皆是由實習的學士負責。聽說從前是會從行政部門找來字寫得漂亮的官員，當成抄寫典籍的臨時雇員。如今娘娘看到的這個房間，就是經生負責抄寫典籍的地方。抄寫典籍的流程是這樣的：首先會由裝潢將要用來抄寫的紙本製作好。配合典籍的裝幀形式，可分為卷本及線裝本，目前大多數古籍使用的都還是卷本。要把紙張製作成卷本，必須將一張張的紙貼合，以大約二十張紙為一卷。為了能確保筆劃流暢，紙張必須先打壓過，使紙面平整，接著再畫上標線，確保字列能夠整齊。紙本製作好之後，由經生把典籍的內容抄寫上去，再由校生檢查抄寫的內容是否正確無誤。以上就是抄寫典籍的大致流程。」

據說那幽鬼是經生，也就是負責抄寫的人。

「他們的俸祿是依照完成的典籍抄本數量來計算，如果有抄錯或遺漏，都會被扣錢，因此每個人都十分小心仔細。」

壽雪心想，那可不能打擾他們，於是快步走出了房間。抄寫典籍的工作，並沒有想像中那麼簡單，要把每一個字都抄寫得工整且正確，是一項極度耗費心神的工作。

「抄寫典籍，實屬不易。」壽雪說道。之季只簡單回了一句「是啊」，臉上卻是一副「妳知道就好」的表情。他早已猜到壽雪肯定不清楚典籍抄寫的實際流程，所以在尋找幽鬼之前，先帶她參觀作業現場，不愧是個心思細膩且做事周到的男人。

「這裡就是幽鬼經常出沒的書庫。」

之季接著打開了另一扇門。壽雪頓時聞到一股奇妙的氣味撲鼻而來，不知是黴味，還是老舊墨水的氣味。

「微臣依照陛下的諭令，調查過是否有遭處死的經生。」之季說道。

壽雪一邊在書庫內環視左右，一邊問道：「結果如何？」

「有。」

之季回答得斬釘截鐵。

「事情發生在前朝第五代皇帝的時期。正是這個皇帝，下令重新抄寫及編纂古籍。遭處死的經生名叫計衷，罪名是私吞了抄寫用的黃麻紙。」

「不過盜紙，豈當死罪？」

「所謂的黃麻紙，是以黃檗染過的麻紙，具有防蟲害的效果，是一種相當昂貴的紙。何況抄寫古籍是皇帝親自下達的敕命，偷盜材料就等於是偷盜皇帝之物，所以是死罪。上頭配給的黃麻紙，皆受到嚴密管理，記錄在名為《充紙帳》的帳簿內。任何人要是私吞，馬上就會被查到。」

「嗯……」壽雪一邊應聲，一邊在棚架之間緩步慢行。驀然間，視野的角落出現了一道人影。轉頭一看，那是一名身穿刈安色長袍的年輕人，只見他背對著壽雪，幾乎整個人貼在棚架上，似乎是在尋找著什麼。

壽雪於是朝他走近。

「……尚未覓得汝所抄之書？」

年輕人驟然停下動作，慢慢地轉過頭來。只見他的臉孔毫無血色，顯得極不健康，眼睛周圍泛黑。此人年紀約莫二十五歲前後，長袍的袖口及胸口全是墨漬，看起來髒汙不堪。衣斯哈在習字的時候，身上多少也會沾上墨漬，但不會髒成那樣。剛剛那些抄寫典籍的見習學士們身上的長袍也沾有墨漬，但眼前這年輕人絕對有過之而無不及，可見得他是一名相當熱心於抄寫典籍的經生。

他的眼神左右飄移，似乎在尋找著聲音的主人。

「計衷。」壽雪喊了他的名字，年輕人這才將視線緩緩移到壽雪臉上。

「汝所抄之書，可已覓得？」壽雪重複了相同的問題。

只見計衷眼神渙散地搖了搖頭，說道：

「沒有……」

那聲音極為沙啞。接著計衷垂下頭，重重嘆了口氣。

看來是個可以溝通的幽鬼。於是壽雪接著問道：

「何故尋之？」

「太過分了……竟然把我抄的典籍都燒了……太過分了……」

這句話聽起來既像是在回應壽雪的問題，卻又像是毫無關聯。她默不作聲，等著幽鬼繼續說下去。

「我犯了什麼錯……？我每天抄寫典籍，日復一日盯著那些腐朽、褪色的竹簡看，經常累得汗流浹背，連洗衣服的時間都沒有……他們竟然誣賴我私吞黃麻紙……我不僅沒做那種事，而且還很少寫錯字，連一張紙都不曾浪費過……他們竟然……他們竟然……」

——他沒有私吞黃麻紙？

壽雪不由得和之季面面相覷。這幽鬼竟然說他遭到了冤枉？之季皺起眉頭，朝著壽雪輕輕點頭。

壽雪猜測他的意思，應該是「我會好好調查看看」。

「汝蒙受不白之冤？」

「我不甘心……那可是我費盡心力抄寫出來的……」

只見計衷五官扭曲，顯得憤恨不已。似乎比起遭處死，更令他滿腔怨恚的是好不容易抄寫好的典籍被銷毀了。

「我費盡千辛萬苦，從城內各處史館的書庫蒐集來那些沾滿了灰塵的書卷，將它們仔細清潔乾淨，一字一字仔細抄寫下來……那些古籍的內容，包含了許多如今已經失傳的古老傳承……能夠讓那些內容流傳後世，是多麼有意義的事情……原本我把這個工作當成了無上的榮耀……沒想到他們竟然……」

計衷雙手摀面，抽抽噎噎地哭了起來。壽雪一看，就連他的手指及指甲也沾滿了漆黑的墨漬，由此可證明他真的非常認真做著抄寫的工作。

——付出了那麼多心血，卻含冤而死，抄寫的典籍全遭焚毀……

這聽起來有些匪夷所思。當時到底發生了什麼事？

「因何遭此橫禍？汝尚知何事，可細細道來。」

「太過分了……我每天埋頭抄寫典籍，怎麼可能偷盜紙張……」

兩人的對話還是有些牛頭不對馬嘴。但從計衷的回答聽來，他對於為何會發生這樣的事情，似乎也摸不著頭腦。

「這裡一定還留著我所抄寫的典籍……就在這個地方……我可以聞到我所使用的墨水的氣味……一定就在這附近……一定……」

計衷搖搖晃晃地走向棚架，仔細盯著架上的書卷，嘴裡咕噥著：「這個不是……啊啊……這個也不是……」半晌之後，他繼續在棚架之間邁步而行。每走一步，身體就變得透明一分，就在彎過棚架盡頭處的瞬間，計衷的身影完全消失了。壽雪心想，這個幽鬼大概已經像這樣在書庫內遊蕩了非常久的日子。

壽雪左右環顧整個室內。放眼望去全是一排排的棚架，上頭堆滿了書卷，從竹木簡到紙本都有。書庫的最深處擺了幾張長桌，長桌與棚架之間以屏風隔起，雖然不算是非常大的書庫，書卷數量卻已多得難以計數。

「……計衷言此間有其所抄典籍。」

「微臣並不認為這句話值得採信。倘若真的有，他應該早就找到了。」之季回答。

「然計衷對此深信不疑……此庫內可有計衷任經生時期，諸生所抄之物？」

「娘娘指的是前朝五代皇帝下令抄寫的典籍嗎？有的，前幾天鳶妃借走的，也是那個時期所抄的典籍。」

「《海隅神異經》？」

「除此之外還有很多，大約有一整個棚架。」

「如此之多？」

「編纂前的古籍，數量還要更多，不難想像當年抄寫及編纂作業是多麼浩大的工程。不過這也是理所當然的，畢竟前朝的開朝皇帝可是蒐集了來自全國各地的所有書籍。」

「全國？」

「是啊，當時朝廷獎勵百姓將家中的書籍獻給城內史館，獻書者都會獲賜絹帛。尤其是獻上地理誌或是稀奇古怪的傳承紀錄，能夠獲得的賞賜最多。隨著時代的變遷，這些古籍被堆放在書庫的角落，逐漸沾滿了灰塵。到了後來的第五代皇帝，這些古籍才重新受到重視。為了讓這些古籍能夠流傳至後世，當時的皇帝下令重新編纂及抄寫副本。」

之季一面說，一面將壽雪帶至一座棚架前。架上擺滿了紙卷，幾乎已沒有任何多餘的空間，他隨手拿起一捲紙卷，交到壽雪的手上。那紙卷不管是裱褙還是卷軸，都是樸實無華，卻看起來堅固而工整。顯然比起外觀上的賞心悅目，製作者更重視的是實用性。

壽雪望著棚架說道：

「彼時經生所抄古籍若全在此，計束於理應當覓得。」

「是啊……」

但他卻直到現在依然找不到他所抄寫的典籍。

這是否意味著計束所抄典籍早已遭全數銷毀，一本都沒有留下？如果是這樣的話，為什麼計束會堅持「就在這個地方」？

「……吾等當信其言，從此間尋其所抄之物。」

「但是……要怎麼找？」之季納悶地問道。

沒有人知道計束的字跡。就算想要找，也無從找起。

「計束既遍尋不著，必在難覓之處。此間書庫，可有此等難覓之書？」

「難覓……微臣只想到一種可能，那就是廢紙的再次利用。」

「廢紙？」

「有時我們會拿寫錯了字，或是內容已經用不到的廢紙，在背面寫上新的內容。」

壽雪恍然大悟。衣斯哈平日習字的紙，用的也是從其他宮要來的廢紙。

「如果使用的是廢紙，背面很可能會寫著一些不相關的文字……但是這座書庫所收藏的書卷都是奇聞異錄，不可能使用廢紙抄寫。會使用廢紙來寫的書卷，內容都比較無關緊要，就算隱約可看見背面的字也沒關係……例如帳簿之類。然而帳簿的存放地點並非洪濤殿，而是各地行政部門的書庫。例如歷史最悠久、蒐集書卷數量最多的祕書省史館，或許能找到背面有著這幽鬼所寫字跡的帳簿，但無論如何，絕對不可能是在這座書庫裡。」

「或許真在此間，亦未可知。」

「娘娘，難不成您打算徹底清查這座書庫？」

之季轉頭望向書庫內的一座座棚架。每一座棚架上頭的書卷都是堆積如山。

「此間古籍數量雖多，約半數為竹木簡，況計衷時代之前古籍皆可排除，尚餘幾何？」

「唔……」之季沉吟半晌之後說道：「排除這些之後，大概還剩下三分之一左右。」

「吾等當於此三分之一古籍中，尋覓紙背有字跡之物……溫螢、淡海！」

溫螢恭恭敬敬地應了一聲「是」，淡海卻愁眉苦臉地說道：「咦？我們也要幫忙找？」

之季趕緊揮手制止，說道：

「對待古籍可不能太粗魯，還是交給我們來吧。只要有任何發現，一定會立刻稟報娘娘。」壽雪心想，要是把古籍弄破、弄髒了，的確對他們確實也不好交代，不如乾脆交給他們處理。

「烏妃娘娘。」

就在壽雪正要走出書庫的時候，之季忽然將她叫住了。壽雪停下腳步，之季卻是支支吾吾，輕撫著自己的右手腕，半晌後才說道：

「……敢問烏妃娘娘，是否心懷恚怒？」

「吾心懷恚怒？何以有此問？」

「您是否氣微臣沒有讓小明解脫……沒有將小明送往極樂淨土……？」

之季垂下了頭，臉上帶著痛苦之色。

「烏妃娘娘，您雖然嘴上不說，但心裡一定在氣微臣吧？只要微臣放棄報仇的念頭，小明就可以獲得解脫……」

壽雪蹙眉說道：

「汝既有此懸念，當送小明往赴樂土，休得假吾之名，以安汝心。」

壽雪冷冷地說完這句話，轉身走出書庫，心中卻不禁感慨。

「難得妳會說這麼重的話。」

淡海說道，而壽雪沒有應答。

壽雪心裡很清楚，自己這句話說得太過冷酷無情。但是每當看見之季，她的心頭就會有股說不上來的煩悶。那種感覺就好像是湯藥的苦澀滋味一直殘留在舌頭上，久久沒有消失。

「何不求助高峻？」壽雪忍不住想要這麼說，儘管高峻跟這件事毫無關係。為什麼心裡會想到那個人呢？就連她自己也說不出個所以然來。

壽雪雙眉緊蹙，快步離開了洪濤殿。

「經生計衷因私吞之罪遭處死的案子，確實有些疑點。」

洪濤殿的某房間裡，之季正在向高峻報告調查結果。這間小房間裡並沒有棚架，取而代之的是一些塗上了紅漆的櫥櫃，裡頭收藏著只有極少數人有權調閱的古代歷譜、巫卜之書及重要典籍。平日會進出這間房間的人可說是少之又少。

「計衷以侵占黃麻紙之罪而遭逮捕，當天就遭到處決。從紀錄上，我們看不出計衷是否認罪，紀錄也沒有交代那些黃麻紙的下落，整起案子甚至沒有交付秋官府審理。由於當時的《充紙帳》並沒有保存下來，我們當然也沒有辦法清查當時的黃麻紙數量……不僅如此，而且從另一份文獻上，可看出這起案子還有另一個更大的疑點……」

「什麼文獻？」

「記錄皇帝言行的《起居注》。」

《起居注》是記錄皇帝處理政務時言行舉措的史書，由中書省的起居舍人及門下省的起居郎負責撰寫。

「當時的《起居注》記載了皇帝曾在某天前往抄經處，視察經生們的工作狀況。計衷遭到逮捕的日子，就在皇帝視察的隔天。」

「噢……？」

「皇帝聽了計衷的罪狀，登時大發雷霆，下令立刻將計衷斬首，並且焚毀所有他所抄寫的典籍。換句話說，處死計衷及銷毀典籍，都是皇帝親自下的諭令。」

高峻以手指輕撫下顎。

——皇帝親自下令處死計衷？為了什麼……？

有什麼理由讓皇帝非殺計衷不可？而且在處死之前，還故意羅織了一個罪名……為什麼要使用這種拐彎抹角的手段？如果計衷因細故惹惱了皇帝，皇帝為什麼不以冒犯天威為由，下令將計衷處死？

——不，恐怕沒有那麼容易。

除非是暴君，否則皇帝要殺一個人，其實並沒有那麼簡單。就算是高峻，如果因為一時憤怒而殺人，必定會引起不小的騷動。歷史上並沒有任何紀錄記載欒朝第五代皇帝是一名暴君。一個平日不會無故濫殺臣民的皇帝如果突然做了這種事，必定會引來全天下的關注。

——看來當時的皇帝不希望世人注意到這件事。

因此皇帝必須以某個不起眼的罪名，將計衷處死。

「皇帝下令將此人所抄寫的典籍全數焚毀……」

——想必真正的動機，就在這個舉動的背後。

「找到計衷所抄典籍了嗎？你不是說過，正在調查紙張背後的字跡？」高峻問道。

之季搖頭說道：

「完全沒有任何斬獲。我們連在計衷時代之前的古籍都檢查過了，什麼也沒有查到。」

「必定就在那書庫之中，只是沒有找到而已，是嗎？」

「這只是那幽鬼如此主張，烏妃娘娘信以為真……」

「既然壽雪說有，那就應該是有的。」

之季愣了一下，眨了眨眼睛，說道：

「但是……」

「這次壽雪沒辦法施展她最拿手的尋找失物之術，或許是因為對象是前朝之人吧……不曉得她要如何解決這難題。」

即便如此，高峻還是深信這件事到了壽雪的手上，必定能夠迎刃而解。之季看著面露微笑的高峻，神情顯得有些錯愕。

壽雪從之季的口中得知沒有查到任何一本典籍的紙背有字跡的消息，不禁感到有些意外。當初的期待完全落空，此時已有些束手無策。

——像這種時候，就應該借助他人的智慧。

「往冬官府。」

九九一聽，登時興高采烈地要替壽雪梳妝打扮。壽雪一如往昔堅持想要裝扮成宦官，此時淡海卻說道：「有時妃子的打扮反而能夠省下很多麻煩。」

「作宦官之姿，便於往來行走。」壽雪說道。

「但是冬官府可不比洪濤殿，距離相當遠，要是在途中受官吏糾纏，反而徒增麻煩。」

「受官吏糾纏？」

「有很多官吏喜歡找宦官的麻煩。但如果娘娘作妃嬪裝扮，就沒有人敢惹了。」

「……原來如此。」

宦官在後宮裡隨處可見，但是到了外廷，卻會顯得有些突兀。壽雪心想，或許是淡海過去擔任護衛工作前往外廷時，有過不愉快的經驗吧。以後前往外廷時，身邊或許別帶宦官比較好。

「娘娘，請不必為我們擔心。」

溫螢或許是察覺了她的心思，如此淡淡地說道。接著他責罵淡海：「你別多話，惹娘娘心煩。」

「明明知道有危險，設法避開不好嗎？」淡海咕噥道。

「一般官吏不會是我們的對手，就算被糾纏上了，也不是什麼大不了的事情。」

「要是把他們打倒，事後會更加麻煩。」

「那種喜歡欺負弱者的官吏，只要威脅個兩句，就會逃之夭夭了。」

「……呵呵……」

這種話從溫螢的口中說出來，實在不像是一句玩笑話。不，或許他真的不是在開玩笑。

「娘娘，我們來換衣服吧。」

九九開開心心地奔入帳內。壽雪略一思索，決定採納淡海的建議。九九挑了一件繡著花鳥圖紋的葡萄色❷衫襦，以及一件印染著雙魚圖騰的深綠色長裙。而那條桔梗色❸的腰帶，則是壽雪自己挑選的。

「得打扮得像個妃子才行。」九九一邊說，一邊在壽雪的頭上插了好幾根髮簪及步搖。

正當九九又拿起一根翡翠篦櫛，要往壽雪的頭上插去時，她趕緊說道：「足矣。」要是再插下去，腦袋就越來越重了。

「吾去便回。」

壽雪說完這句話之後走出殿舍。每次出門之前先說這句話，近來已經成了常態。

九九走到門邊，目送壽雪等人離開。衣斯哈則正在習字，紅翹在一旁看著。兩人的神態，簡直猶如母子一般。

「娘娘，我們應該多找些宦官及宮女，走路時排成兩排，才能展現出烏妃的排場。」走在後頭的淡海如此說道。

「夜明宮豈能容這許多宦官和宮女？」

「想要服侍娘娘的人，在這後宮可是多如牛毛。」

「焉有是理？」

壽雪笑著說道。

「我可不是在開玩笑。最近夜明宮的訪客變多了，來送禮的人也不少。」

淡海說得一臉認真。壽雪仔細一想，最近確實常有人拜訪夜明宮，沒有求任何事，卻帶了水果、絹帛等禮物。當然她對這些禮物是一概不收的。

——這實在不是一件好事。

或許是最近幫助了太多人，才會出現這樣的現象。但是每當有人登門求助，壽雪總是不忍心拒絕。

壽雪一面走向冬官府，一面煩惱著這個問題。

位於宮城郊區的冬官府，還是一樣冷冷清清，透著蕭瑟與寂寥。地上的鵝卵石多有破損，銅製的燈籠上也有明顯的青色鏽蝕，不過掛在星烏廟前的旌旗已經換新了，垂吊在屋簷下的吊燈也已煥然一新，此外還多了一座大香爐，不斷冒出裊裊香煙。顯然修繕的經費跟過

2 酒紅色。

3 青紫色。

去相比，是稍微多了一些。此處的每個角落都清掃得乾淨整潔，只這點跟過去毫無不同。

冷澈的秋日陽光投射在一塵不染的廟內。

「吝如戶部，竟撥修繕經費，真奇事哉。」

壽雪以半開玩笑的口吻，對著走出門外迎接的冬官董千里說道。他那削瘦的臉上漾起一抹溫柔的笑意。

「修繕的經費不是戶部撥下來的，是陛下私底下賞賜的，今後我們會慢慢地把一些老舊破損處都修一修。」

壽雪不禁心想，原來還有這一招。任何事情透過行政機關辦理，都會因為手續繁雜而造成延宕，不如私下賞賜，省去許多麻煩。

高峻還是老樣子，在這種事情上設想得相當周到。他平時明明是個心思細膩的人，在處理女人的問題時卻又有些傻裡傻氣。

「娘娘請進。」

千里領著壽雪走進殿舍。千里的身材高高瘦瘦，穿上了那身黝灰色的長袍，顯得相當稱頭。每走一步，插在幞頭上的尖尾鴨❹長羽便左右搖擺。過去千里是個體弱多病的人，但最近氣色不錯……想來不是因為冬官府的經費多了，而是因為夏天已過，暑氣消退的關係。由於近來他的健康狀況良好，原本因骨瘦如柴而顯得鋒銳的眼神也變得柔和許多。

「吾觀汝精神煥發，已無病容。」

「現在這個季節，是微臣身體狀況最好的時候。」千里的聲音平和宏亮。儘管他乍看之下給人刁鑽狡獪的印象，但實際上性格則相當溫厚且隨和。

兩人走進了一間房內。只見窗邊有一張小桌子，桌上擺著棋盤。千里見壽雪看著那棋盤，於是問道：「娘娘有興致對弈一局？」

「不……」壽雪正要拒絕，忽然念頭一轉，說道：

「……吾嘗與高峻對弈，吾坐困愁城，毫無勝算。今日來此，正欲就此局向汝求教。」

壽雪說完之後，便依照當日與高峻對弈的順序，一子一子擺在棋盤上。

「吾若下此著……」

「這一子，應該下在這裡比較好。」

4 又名白煙。

「然則此後數子，又當如何？若下於此處……」

「不，應該下在這裡。」

「……」

壽雪拋下棋子說道：「汝言正與高峻同。」

「哈哈，憑微臣的能耐，怎想得出比陛下更好的棋著？陛下既那麼說，肯定沒錯的。」

「吾必思一著，令高峻措手不及，大敗虧輸。」

「倘若微臣告訴了娘娘，那也不是娘娘自己想的了。」

「兵不厭詐。」

千里哈哈大笑，說道：「明白了，微臣不會把這件事告訴陛下。」

每當與千里交談時，壽雪總覺得自己像個充滿稚氣的孩子。這一來是因為千里已年過四旬，與自己年紀相差甚大，二來則是因他的態度使然。千里面對壽雪時的態度並不特別謙卑恭謹，雖然口稱烏妃娘娘，談吐之間卻是把她當成了平凡的少女看待。

「今天娘娘駕臨冬官府，應該不會只是為了圍弈之事？」

千里一邊將茶推到壽雪的面前，一邊說道。壽雪點點頭，端起茶來啜了一口。由於千里向來身體虛弱，冬官府所煮的茶皆有滋養強身之效，今天的茶喝起來香中帶甜，一問之下，原來茶中加了烘焙過的小麥、松果及棗了。

壽雪於是一面喝著那風味獨特的茶，一面將書庫幽鬼的事一五一十地說了一遍。

「那幽鬼說書庫裡有他所抄寫的典籍？」

千里啜了一口茶，輕輕撫摸著他那細長的下巴，陷入了沉思。

「洪濤殿學士細查書庫，並無一紙有背書。除此之外，尚有何處可尋？吾苦思不得其解，知汝博識，望汝相助一言。」

「娘娘太抬舉微臣了。」

千里面露苦笑，接著說道：

「不過，微臣確實有一些想法……之季能想到查找紙背殘書，實在有獨到見識。幽鬼所抄寫之物並非以一般書籍的形式留存下來，當然連幽鬼自己也找不到。」

「除了紙背殘書，尚有何處可留幽鬼筆跡？」

「廢紙的再利用方式，並非只能拿背面來寫字。或許對學士來說，紙就是一種拿來『寫字』的東西，但是在一般人眼裡，廢紙還有許多其他用途……例如把易碎物品收進箱子裡時，可以拿來當作減緩衝擊的包材。此外，也可以拿來包裹藥材或是繪畫用的顏料。」

「言之有理……但書庫之內除典籍外，並無其他雜物。」

「是嗎？那有沒有可能是……」

千里沉吟片刻後抬頭說道：

「用來當作襯紙？」

「襯紙？」

「例如在製作屏風的時候，為了讓紙面更加強韌，會在紙張的底下再貼一張紙。這就是所謂的襯紙，通常會使用廢紙。」

「噢……汝不言，吾實不知。」

壽雪以手指抵著下巴前端，細細回想書庫內的景象。

「……原來如此，吾茅塞頓開矣。」

壽雪的臉上露出笑容。

「微臣愚見，希望對娘娘有所幫助。」

「獲益良多。」

「那真是太好了。」千里也面露微笑。每每與他對話，壽雪總是感到心靈平靜，原本緊繃的神經也獲得了舒緩。

兩人各喝了一口茶，稍稍休憩之後，千里又說道：

「還有一點，烏妃娘娘似乎並不在意，卻讓微臣有些掛心。」

「何事？」

「那個名叫計衷的經生，為何遭到處死？」

「嗯……此事確有蹊蹺。」

不過比起含冤而死的理由，計衷更在意的是他所抄寫典籍的下落，因此壽雪也沒有深入追查計衷的死因。此次行動的最大目的是要將幽鬼送往極樂淨土，而非讓真相水落石出。

「一定有什麼理由，讓當時的皇帝急著想要殺死計衷……」

千里望向槅扇窗，不知在思考些什麼。壽雪也沒有說話，只是默默啜著茶。

「對了……」半晌之後，千里又將頭轉回來說道：「娘娘見過封一行了嗎？」

「未曾往見……但聞彼已無恙。」

不久前因為發生金杯事件，壽雪忙了好一陣子，所以直到現在還沒有前往會見封一行。

「娘娘要去見他時，能否讓微臣隨行？」

「並無不可……汝欲見封一行？」

「關於前朝的事，雖然前任冬官魚泳大人對微臣說了不少，但不解之處依然甚多。本朝所行的驅逐巫術師之舉，實在是一大損失。前朝的巫術師經常出入後宮，應該知道很多冬官所不知道的事。」

「吾亦思此事。」

「微臣這邊也會繼續研究調查，請娘娘耐心等候。」

千里正以魚泳所留下的筆記資料，研究調查烏妃的詳情。但千里天生體弱多病，壽雪反而擔心研究調查的工作會損及他的健康。

不管是千里還是高峻，其實都沒有義務為壽雪做任何事。

——為什麼他們會願意為自己如此付出？

「吾銘感肺腑……但憂汝勞心傷神。」

「請娘娘不必為微臣擔心。微臣調查此事，並不單只是為了娘娘，更不是基於身為冬官的責任感。」

「然則所為何求？」

千里的臉上漾起微笑。

「單純只是基於一股求知的好奇心。」

壽雪也跟著笑了出來。

「原來如此，此亦汝本性。」

壽雪辭別千里，回到了夜明宮。一進房間，她立刻寫信給高峻，在信中懇求他幫忙一件事。數天後，壽雪收到了來自高峻的回應，於是立刻啟程前往洪濤殿。

一踏進書庫，便看見高峻站在深處，衛青隨侍在側。

「妳來了。」

「可曾覓得？」壽雪快步走向高峻。原本擺在書庫深處的屏風已不見蹤影，取而代之的是桌上放著數十張紙。

「這些就是原本擺在這裡的屏風的襯紙。朕吩咐少府監將襯紙從屏風上撕了下來。雖然負責這件事的都是相當老練的匠人，但畢竟原本被當成襯紙使用，紙面破損嚴重，有幾處的字跡已難以判讀。」

「無須判讀，但得字跡即可。」

當初壽雪聽千里說廢紙可能被拿來當作屏風的襯紙，登時便想到書庫裡有一座屏風。

——但願這就是計衷所抄寫之物。

桌上的紙共約三十張左右，紙面全都泛黃，有些部位甚至變成了黑褐色，還有不少區塊已經破損，沒有辦法看出原本寫著什麼字。

「屏風共有六扇，每一扇以五張紙縱向接續黏貼，上頭再抹以白土，成為屏風的基底。因為這樣的製作手法，導致襯紙撕下時破損嚴重。從可以判讀的部分來研判，所有的字跡都相同，應該是同一人所寫的。」

壽雪遠離桌子一步，接著轉身向後。尚未施展術法，幽鬼已從棚架的陰暗處走了出來。正是計衷。

只見他垂頭喪氣，拖著沉重的步伐一步步靠近。驀然間，他停下腳步，抬起了頭。眼眶泛黑的蒼白臉孔上，逐漸浮現驚愕之色。計衷睜大了雙眼，彷彿眼珠隨時會掉下來。

「啊……啊啊……」

計衷發出了呻吟聲，走到桌邊，幾乎將頭貼在桌面上，凝視著桌上的紙。只見他目不轉睛地瞪視著紙面上的每一個字，接著突然眼眶含淚。

「啊啊……沒有錯……這是我的字……」

計衷發出了沙啞的聲音。「原來……原來在這裡……」

淚水一滴滴滑落，但一碰觸紙面便消失無蹤，然而紙面並沒有被濡濕，那景象就像是淚水被吸入了字跡之中。隨著淚水不斷滴落，計衷的身影也逐漸變得透明，彷彿墨水滲入紙面一般，計衷的身體微微搖擺，逐漸擴散、淡化。他伸出手指，輕輕描著紙上的字跡，發出了輕聲嘆息。就在那一瞬間，他的身體完全消失了。

「……似已心無罣礙。」

壽雪說著走向桌子，拿起了一張紙。上頭每個字都寫得極為工整，大小及線條粗細都相同，每一劃之間還以極細的墨線相連，由此可看出下筆之人的謹慎小心，幾乎到了戒慎恐懼的地步。光從這幾個字，便可以知道計衷在抄寫典籍時付出了多少心血。

「好字。」壽雪忍不住稱讚。

發自內心的讚美，正是對計衷最好的弔慰之詞。

「……可惜計衷正是因為寫了這些字，所以遭到殺害。」

高峻一邊說，一邊將排列在桌面上的紙張一張張疊起。

「何以知之？」

「計衷遭逮捕及殺害的前一天，皇帝視察了抄經所。想必就在那時候，皇帝發現計衷正在抄寫一部不能抄寫的典籍……」

「不能抄寫……？」

高峻點了點頭，說道：

「皇帝以私吞紙張的罪名誣陷計衷，主要的目的不是為了殺死計衷，而是為了將他所抄寫的所有典籍銷毀。」

——皇帝下令焚毀了計衷所抄寫的所有典籍……

「大家都說當時的皇帝為了讓長眠於書庫內的古籍能夠流傳後世，所以下令抄寫……但朕認為真相或許剛好相反……」

「相反？」

「當時的皇帝下令蒐集典籍，是為了找機會將不能流傳後世的典籍銷毀掉。事實上當時堆放在書庫內的那些典籍，都是開朝皇帝以賞賜為誘餌，要求全國臣民獻上的。開朝皇帝這麼做，或許也是為了將不能留在民間的典籍全都藏於宮城內。當時的時代還沒有紙，藏有竹木簡的家庭應該也不多，開朝皇帝蒐集來這些典籍，或許原本有銷毀特定典籍的意圖，但後來不知為何沒有銷毀乾淨，導致一部分的特定典籍和其他典籍一同被堆放在書庫內。到了第五代皇帝的時代，皇帝下定決心要將這特定典籍徹底銷毀，原本以為都已經挑乾淨了，沒想到有一部竟然被經生取走……」

就這樣，計衷抄到了一部不該抄寫的典籍。

「……若是如此，但銷毀典籍足矣，何必處死計衷？」

「如果只是單純銷毀典籍，太過引人側目，大家會開始關心『不能抄寫的到底是什麼樣的典籍』。因此皇帝藉由殺死計衷，來引開眾人的注意力。從《起居注》的記載，也可看出皇帝在每個環節都安排得相當縝密，讓整起案件看起來沒有任何破綻。計衷所抄寫典籍的原典，多半也趁機被一起銷毀了吧。」

壽雪蹙眉望著手中的紙張。計衷因為這樣的東西而慘遭殺害？到底是什麼樣的典籍，比人命更加重要？

「計衷為了這典籍含冤而死，典籍卻以廢紙的狀態流傳了下來，或許這部典籍註定是要流傳後世的。」

高峻將聚攏的紙張放回桌上，指著上頭的文字。壽雪一看，登時倒抽了一口涼氣。

鼇

烏漣娘娘

那張紙上大部分的文字都因汙損而難以判讀，唯獨這幾個字清晰可辨。鼇指的應該就是鼇神吧。那是一種大海龜之神，在古代擁有廣大信眾，後世一度式微，近年來又逐漸恢復力量。八真教所信奉的亦是鼇神。

「朕會派人詳查此籍。雖然從這三十張紙上不見得能查出什麼，但不管是為了妳，還是為了計衷，我們都應該要讓真相水落石出。」

壽雪閉上眼睛略一思索，才睜開眼睛說道：

「此事應託付千里，不可假手他人。」

「冬官千里？」

「計衷受刑之由，千里所見正與汝同。既是烏漣娘娘之事，託付千里最佳。」

高峻輕輕點頭說道：「那就這麼辦吧。」

壽雪再度低頭望向那些破損不堪的紙張。

——這上頭到底寫了些什麼樣的內容？

❀

高峻將那些紙託付壽雪轉交千里，回到了內廷。

進入凝光殿的房間後，高峻坐在榻上，吁了一口氣。衛青下去煮茶了，他閉上雙眼，靜靜等著茶香飄入房內。

驀然間，高峻聽見了潮水聲，趕緊睜眼喊道：

「……青，把大海螺拿來。」

「是。」

衛青捧著一塊錦布，從廚房恭恭敬敬地走進房內。錦布上正放著大海螺，衛青將大海螺連同錦布一同放在桌上。

那隻大海螺雖然顏色黝黑，但隨著角度的不同，表面會反射出七彩的光輝。這只罕見的大海螺是由迎州鼓浪漁民所獻，傳說中大海螺是製造出海隅蜃樓❺的神明身邊的使者。

——原來傳聞是真的，這大海螺當真是神明的使者。

高峻一面豎起耳朵聆聽，一面說道：「梟。」

「夏王？唉，你到底在搞什麼？這麼久才聽見我的呼喚。」

「朕才想要抱怨。你就不能多呼喚幾次嗎？」

「我可是被關在牢裡，你以為這很容易嗎？何況潮汐變化完全不受控制……不說這個，你找我有事？」

5 大海盡頭處的霧氣。

「當然有事。朕有太多事情不明白。」

「交談時間不能太長，不然會被獄卒發現。你想問什麼就快問吧。」

高峻心裡咕噥著「真是任性的傢伙」，同時從所有的疑問中找出最重要的問題。

「……首先朕想知道鼇神的來歷。」

「鼇？」

梟的聲音帶了三分狐疑。他沉默了片刻才說道：

「鼇……我想起來了，是那個被斬成八段流放至幽宮外的傢伙？」

他說的是身體化成了霄國國土的神明。

「不，朕說的是從那個神明的身體生出來的另一個鼇神。」

據說大鼇之神遭到分屍及流放，其身體除了化成霄國國土之外，還誕生了另一個鼇神。

「噢，你說的是白鼇？我對那傢伙不太清楚。」

「不清楚？怎麼會不清楚？」

「因為那傢伙是在你們那邊出生，並不隸屬於幽宮。」

「你說什麼？但是那鼇神……」

「上次我就說過了，我並非無所不能，也非無所不知。只要企圖干涉你們那邊，不管是使用『使部』還是這個大海螺，都沒有辦法完全掌控。有時聲音很清晰，有時什麼也聽不見……我只知道白龍跟烏似乎互有嫌隙，但我們這邊的人到了你們那邊，本來就沒辦法交到朋友，大家都是互相競爭及排擠……」

梟頓了一下，接著說道：

「不……等等……原來如此，我明白了……」

就在這時，海潮聲越來越響，逐漸將梟的聲音掩蓋。

「梟？」

「你要小心那白龍，那傢伙會索討祭物。」

「祭物？」

「年輕少女……所以……」

梟的聲音越來越遙遠，有如潮汐退去一般，最後終於完全聽不見了。

——那傢伙會索討祭物。

雖然梟的聲音逐漸遠去，但那充滿了陰森氣息的預言卻在高峻的耳畔不斷繚繞，久久揮之不去。

白雷坐在沙灘的一根漂流木上，攤開了一封來自京師的信，寄信人是朝陽。

八荒島上的生活，正如同當初朝陽的預告，每天都可以吃到美味的海產及各式各樣的水果，生活沒有任何不便之處。雖然有一隻眼睛看不見，難以判斷眼前事物的距離，但是對生活並沒有造成太大的影響。

朝陽所支付的報酬遠多於白雷當初的預期，甚至連藏身之所也幫他安排好了，除了展現出朝陽的慷慨氣度，其實也隱隱暗示著將來還會需要白雷的協助。

以賀州為根據地的八真教教主白雷，當初會接近朝陽的叔叔，完全是受了朝陽的唆使。而男人這麼做的目的，是為了誘使叔叔自取滅亡。朝陽的叔叔是個沒有主見的人，在白雷的推波助瀾之下，果然把自己逼上了絕路。

白雷其實對朝陽這個人並不瞭解，朝陽也沒有全盤掌握白雷的底細。兩人只是單純互相利用而已。

——烏漣娘娘的力量減弱了。

白雷透過隱娘，向白妙子（鼇神）詢問了許多關於烏漣娘娘及烏妃的事。原本他認為既然烏漣娘娘的力量減弱，烏妃的存在意義也將消失。白雷把這件事告訴了朝陽，至於男人在得知之後作何感想，白雷並不清楚。

——沒想到……

白雷輕撫著包在紗布下的左眼。當初白雷向烏妃下咒，卻遭烏妃反噬，導致左眼受了重傷。烏妃竟然還有反噬的能力，這完全出乎了他的意料。但當初自己所下的是奪命之咒，如今遭受反噬，自己卻沒有死，或許這也可以視為烏妃力量減弱的證據。

白雷以剩下的右眼讀完了朝陽的信。當初得知朝陽前往京師，雖不清楚朝陽的目的，但早已猜到絕對不會只是單純為了獻鼇種。如今讀了信，他更是確信自己的猜測並沒有錯。

朝陽在信中表示希望白雷能夠前往京師一趟。雖然並非強迫，但白雷知道自己沒有辦法拒絕，就連這島上的住處，也是朝陽特意準備的。

——如果是我一個人，就算被逐出這座島，也沒什麼大不了。但是……

白雷往沙灘上瞥了一眼。隱娘還在撿著貝殼，彷彿這件事永遠沒有讓她厭煩的一天，家裡早已堆滿了她所蒐集的貝殼。

白雷嘆了一口氣，將信放入懷中。除了「到京師來」之外，朝陽在信中並沒有傳達任何訊息。他站了起來，朝隱娘走去。

「該回去了。」

隱娘原本正蹲在地上，以海水洗著貝殼。她聽到白雷的呼喚，轉頭說道：

「今天沒撿到什麼好貝殼。」

她將手中的貝殼舉到白雷面前，神情有些沮喪。

「妳這樣每天撿，好的貝殼早就被妳撿光了。」

「貝殼每天都會從大海的另一頭漂過來，才不會撿光呢。」

隱娘不滿地鼓起了臉頰。白雷不禁心想，這丫頭真是孩子氣。

在隱娘的故鄉鼓浪，每個孩子都會到海灘上撿貝殼，拿到旅店兜售以貼補家用。白雷告訴過她好幾次已經不用再做這種事，隱娘卻總是改不了這個習慣。

「好吧，那我們明天再來，又會有很多好貝殼可以撿了。」

隱娘聽白雷這麼說，這才露出心滿意足的笑容。

——對了，得上京師去才行。

不能把隱娘單獨留在這個地方。但是帶著一個孩子遠行，很多事情都會變得很麻煩。

「隱……」

白雷正要說明前往京師的事情，忽然聽見左邊的碼頭一帶傳來了孩子們的喧鬧聲。轉頭一看，有一群少年正在那附近的沙灘上跑來跑去。年紀較小的約十歲，大的約十二、三歲。

碼頭本身相當簡陋，只是以木片及繩索架設而成，上頭拴著一艘小船。碼頭前方的沙灘上，一群少年正在嬉戲。不對，那不是在嬉戲，是好幾名少年正在戲弄一名少年。他們搶走了那少年的一只小布袋，不肯還給他。小布袋裡似乎裝著幾枚銅錢，每次少年們將小布袋拋上半空中，那小布袋便發出叮噹聲響。

那遭戲弄的少年大約十二歲年紀，皮膚曬得黝黑，雖然身材高瘦，但看起來力氣不小。他對著那些搶走小布袋的少年們怒目而視。白雷仔細打量那少年，發現他的髮型跟服裝與其他少年不太相同，看來他不是這座島上的孩子。

——原來是漂海民。

白雷轉頭望向外海的方向。海面上可看見懸浮著幾間小屋，還有幾艘小船隨波搖曳。這些漂海民沒有固定的居住地點，經常在各地的海岸邊來回遷徙。他們以捕魚及巫卜為業，常受到陸地居民的畏懼與排擠。但是在一些沒有醫生駐留的偏鄉村落，漂海民所提供的巫卜服務有著難以取代的重要性。雖然名義上是巫卜之術，但其內容大多是關於藥物及治病的知識，因此在本質上與醫術無異。醫生在古代又稱巫醫，由此可知巫術與醫術其實是殊途同源。在偏僻的地區，巫術與醫術尚未分化，依然被視為同一件事。漂海民除了能占卜吉凶、驅邪下咒之外，還能調配藥物及施行祕術。

不過漂海民也分成很多不同的部族，有些部族真的只施咒而不行醫。像這樣的部族之中，不乏法力高強的咒術師，歷史上亦發生過多次漂海民的咒術師引發禍端的例子……

驀然間，眼前的漂海民少年發出了野獸般的怒吼聲，衝向拿著小布袋的少年，將他撲倒在地。漂海民少年以極快的速度奪回小布袋，另一手朝著被壓制在地上的少年臉上揮拳痛毆。少年尖聲大叫，其他少年們見狀全都趕緊衝上前來，對著漂海民少年拳打腳踢，但後者完全不當一回事，繼續朝著地上的少年不停揮拳。

——打架的時候如果敵眾我寡，就要以最快的速度徹底打倒敵人之中最強的一個。至於其他的敵人，則可以完全不加理會。反正只要把最強的那一個打倒，其他的敵人自然會喪失戰意。

「那孩子真厲害。」

隱娘漫不經心地看著打群架的少年們。大多數時候隱娘對周遭的事情是漠不關心的。她所關心的只有貝殼，以及關於故鄉的事。

白雷邁步走向那群少年們。那個漂海民少年雖然厲害，但畢竟寡不敵眾，看起來已有些招架不住。小孩子下手不知輕重，再加上情緒激動，這樣下去可能會出人命。

——雖然不想招惹無謂的麻煩，但見死不救總是有些良心不安。

「住手！」白雷一邊大喝，一邊拉住漂海民少年的手腕，將他從少年群之中拉了出來。

少年們一看見大人，全都嚇得收起了拳頭。接著他們看見白雷的臉，更是嚇得連連退後，嘴裡喊著：「海角上的咒術師！」

「跟外來的人扯上關係會惹禍上身，你們的父母沒教過你們嗎？」

白雷目光如電，在每一名少年的臉上掃過。少年們被這麼一瞪，全都面色如土。站在最後頭的一個看起來年紀最小的男生嚇得整個人彈跳起來，接著轉頭拔腿狂奔。其他人見狀，也跟著四散奔逃，轉眼間已逃得一個也不剩。

接著白雷低頭望向那漂海民少年。只見他仰起了頭，惡狠狠地瞪著白雷。從小受海風吹拂及日曬，導致他有一頭褐色的頭髮。那褐色頭髮鬆垮垮地綁在腦後，少年上半身穿著圓筒袖的麻布上衣，下半身則著短褲，褲管捲起，雙足赤裸，並在腳踝上綁了一圈細繩，繩上串著以貝殼切割成的環狀飾物。像這樣的腳環，在漂海民之間是很常見的裝飾品，隨著部族不同，貝殼的切割形狀及細繩的綁法也會大相逕庭。如果是一族之長，手腕上還會配戴大螺貝所製作成的腕飾，脖子上也會掛著夜光貝所製作成的首飾。

突然間，少年的眼神變得溫柔，不再帶有敵意——他的視線落在了白雷正緊抓著自己手腕的那只手上。

「……原來你也是海燕子。你是哪一族？我是蛇骨族。」

漂海民習慣稱自己為「海燕子」，就好像是在海上自由飛翔的燕子。

而白雷的手腕上也綁著一條細繩，上頭串著切割成菱形的貝殼飾物。白雷鬆開少年，並放下了上衣袖子，接著說道：

「我的部族已經死光了。就算跟你說了，你也一定沒聽過。」

白雷自己也不明白，為什麼會對這個少年說出這樣的話。過去白雷從來不曾對他人提及自己的身世來歷，而且仔細想想，明明知道會招惹麻煩，為什麼要插手干預少年們打架？如果是平常的自己，絕對不會做這種沒有意義的事。

因為是同胞嗎？因為這少年也是海燕子？

白雷朝著碼頭邊的小船抬了抬下巴，說道：「快回去吧。告訴大人們，該換地方了。」

漂海民一旦與陸地上的居民發生爭執，事態很容易一發不可收拾。少年點點頭，朝著小船奔去。只見他迅速跳上小船，巧妙地操控船櫂，轉眼間小船已遠離海岸。白雷看著小船漸去漸遠，下意識地伸出手指，輕輕撫摸手腕上的貝殼飾物。

禁色

鼇神裂海興浪潮，烏漣娘娘愁波瀾。

「烏妃娘娘，上次的事情真的很謝謝您。」

壽雪正要通過鰭翁門走向外廷，忽見一名宮女奔了過來，向自己道謝，不久前，她曾經幫助那名宮女尋回失物。那宮女連連謝了好幾次，才回自己的宮去了。

最近壽雪經常遇上這種事。她打量那離去的宮女，發現那宮女的腰帶上掛著一條飾繩。那飾繩的顏色竟然是黑色，引起了壽雪的注意。

「黑色飾繩，實屬罕見。」壽雪隨口說道。

「黑色飾繩是信奉烏妃娘娘的信物。」背後的淡海說道。

「信奉……？何言信奉？」

「我上次也說過，近來夜明宮的訪客變多了，還經常有人來送禮。這代表後宮裡有很多人信奉著烏妃娘娘。」

壽雪大感詫異，一時會意不過來。

「這跟崇神拜佛是一樣的。就像上次那蠶塚，也有很多宮女前往祭拜。娘娘，您身上不是經常佩掛魚形佩飾嗎？有些侍女不掛黑色飾繩，卻掛魚形佩飾，那也是為了模仿您。」

這點壽雪倒是知道。泊鶴宮的侍女紀泉女就是最好的例子。自從上次的事情之後，她不再懸掛八真教的信物，改為懸掛魚形佩飾。

——自己竟然有了信徒。

這可不是能夠一笑置之的事情。不曉得人數到底有多少？就算只是一時的流行現象，也有可能引發不小的騷動。當年麗娘的告誡之語，再度迴盪在壽雪的耳畔。

——烏妃必須是孤獨之人。

烏妃的身旁絕對不能有人群聚集。因為人群會變成同伴，同伴會形成勢力，勢力會越來越壯大。

「因為妳喜歡穿緇❶衣，所以信徒們私底下都叫妳『緇衣娘娘』。」

黑色在霄國雖然不算是禁色，但由於那是烏漣娘娘的顏色，因此民間百姓在穿著上大多

1 黑色。

刻意避開使用。再加上要把布料染成如同黑曜石般美麗的黑，不僅費時費工，且所費不貲，因此更加不會有人刻意將衣服染成大家所忌諱的黑色來穿。

「淡海，你別對娘娘說這些無關緊要的事情。」

溫螢見壽雪沉默不語，趕緊喝止淡海繼續說下去。

「這可不是無關緊要的事情。像這樣的消息，總是多多益善。」

「娘娘沒有必要知道每一件事。像這種消息，知道了也只是徒增煩惱。」

「我說你啊……」

「溫螢、淡海。」壽雪面對著前方，叫了兩人的名字。兩人登時噤聲。

「……近日吾不再受人委託。便有人來訪，亦不得引入。」

壽雪下了這樣的命令之後，往前邁步疾行。

❀

壽雪此行的目的地是冬官府。千里派人請她前往冬官府一談，此刻她心中正忐忑不安，所以走得特別快。

一踏進冬官府的殿舍，便看見早來了一步的高峻。只見他坐在一張大桌子的後頭，千里站在他身旁，而桌上則擺著一卷攤開來的卷軸。

柔和的陽光自槅扇窗外透入，照亮了整個空間。但或許是角度差異的關係，跟夏天比起來，此時射入室內的陽光給人一種輕薄透明之感，讓壽雪聯想到蜻蜓的薄翅，彷彿輕輕一觸就會斷裂。

「微臣將能夠判讀的文字重新抄寫在紙上，製作成一部卷軸。沒有辦法判讀的文字，則留下空格。那三十張紙上頭的內容，有些互相連貫，但有一些看起來毫不相關。為了避免散佚，微臣還是將所有的內容集中在同一卷卷軸內。」

千里一邊說，一邊將卷軸拿到壽雪的身邊重新攤開。

「抄寫下來的內容，主要是當時坊間所流傳的奇聞異錄……異誌、怪譚、卜書、古代歌謠及神話等等……這裡所記載的神話，如今都已不再流傳。每當改朝換代，總是會有一些神話及傳說埋沒在歷史之中。光是從這一點來看，這些內容可說是有著極高的歷史價值。」

千里頓了一下，接著說道：

「但若跟其中關於烏漣娘娘的珍貴紀錄相比，微臣剛剛說的那些價值可說是微不足道。」千里將卷軸繼續攤開，指著上頭的一段文字唸道：

「『鼇神裂海興浪潮，烏漣娘娘愁波瀾』……這裡頭記錄的是一場鼇神與烏漣娘娘之間的戰爭。」

「戰爭……」壽雪忍不住呢喃。

「由於這段紀錄沒有提及戰爭的前因後果，有很多環節還不甚明瞭，目前只能推測這場戰爭發生在蠕王時期，也就是戰亂時代的前期。」

自從夏王殺害冬王之後，整個國家便進入了亂世。這段期間有很多人自立為王，但是都沒有辦法維持長久的安定，蠕王也是其中之一。當時自立的王實在太多，就連壽雪也沒有辦法全部記住。

「推算起來，大約是一千年前。」

「千年……」

這恰好一千的整數，壽雪總覺得從前似乎在哪裡聽過，但一時之間想不起來。

「這段內容鉅細靡遺地記錄了這場戰爭。兩神是在大海上交戰，鼇神興起大浪，烏漣娘娘颳起暴風。浪頭擊打在烏漣娘娘身上，風刀劃破了鼇神的軀體。一時之間，山吐千火，天落萬雷，最後兩神都用盡了所有的力氣。」

「兩敗俱傷？」

「是的……龘神沉入西海，烏漣娘娘則沉入東海。兩神打得太過激烈，還導致伊喀菲島沉沒……」

——伊喀菲島！

這座島嶼原本位在霄國及卡卡密的中間，成為兩邊貿易往來的重要中繼站。但不知從什麼時代起，伊喀菲島沉入了海底。

「這裡提到了『山吐千火』，由此可推測伊喀菲島可能是因為火山噴發才沉入了海底。微臣繼續讀下去……」

千里指著紙面繼續讀道：

「『烏漣娘娘斬半身，伏翅山上半身逃，半身化黑羽刈刀，刀身沒海無蹤影，此年蠕王遭逆弒』……用盡力氣的烏漣娘娘，在沉入海中前，將自己的身體斬成了兩截。這段記載非常重要，由此可知烏漣娘娘藉由將身體一分為二，避免整個身體沉入海中。但反過來說，這也意味著如今的烏漣娘娘只有半身，或許這正是烏漣娘娘的力量減弱的原因。」

千里的聲音雖然表面上一如往昔沉穩平淡，但隱約聽得出來他也有些激動。因為這篇記載印證了他過去所提出的主張。

眾神爭奪霸權，一部分神明的力量因而遭到削弱，在漫長的亂世中一直沒有出現冬王，是因為烏漣娘娘自己也陷入了危機之中。這些都是千里曾經提出過的論點。

「初代烏妃香薔前久無冬王，正以此故……？」

壽雪呢喃自語。

「想來應該是如此。」千里點頭說道：「烏妃娘娘，上次看守寶物庫的羽衣不是曾說過『鼇神雲隱』嗎？」

「嗯……」經千里這麼一提，壽雪驀然想起了羽衣這個人物。羽衣有著平滑的五官，臉上總是不帶絲毫表情。表面上他是看守寶物庫的宦官，但真實身分是鼇神所製作出來的「使部」。因為鼇神雲隱，所以他變成了烏漣娘娘的「使部」。後來他聲稱鼇神召喚，突然消失得無影無蹤。

「這段記載正印證了羽衣的話。大戰之後，鼇神沒入了西海。但與烏漣娘娘最大的不同點，在於鼇神是整個身體都沒入了海中。」

「而今鼇神復甦？」

「或許是有什麼原因，讓鼇神醒了過來，也或許是經過漫長的歲月之後，鼇神自己恢復了力量，這中間的內情已不得而知。」

「既然鼇神已歸，沉於東海之烏漣娘娘半身亦將甦醒？」

「照理來說應該是……但前提當然是這篇記載的內容正確無誤。」

原本一直陷入沉思的高峻此時開口說道：

「倘若內容不正確，前朝皇帝何必為了銷毀這部古籍而殺人？」

千里點頭說道：「微臣也是這麼想的。」

「多半是為了掩蓋『烏漣娘娘只剩半身，力量並不完全』這個事實吧。對了，梟對於烏漣娘娘與鼇神之間的爭執，似乎知道些什麼。」

壽雪聽到梟這個名字，登時想起了一件事。

「千年……」

高峻與千里聽見壽雪的呢喃，同時轉過頭來。

「彼時梟欲殺吾，亦曾言及『忍耐千年』。」

原來那意味著烏在大戰負傷後已過了一千年。原本烏只是因為犯罪而遭流放，梟並不打算干涉，只是默默觀察著烏的狀況。但後來梟得知烏身受重傷……在決定出手干預之前，梟忍耐了一千年。

壽雪默默看著卷軸上的記載，半晌後伸手指著上頭的一段文字，說道：

「『半身化黑羽刈刀』……何謂『黑羽刈刀』？」

「至於這點，微臣也不清楚……或許是一把名為『羽刈』的黑色長刀，也或許不過是一種比喻而已……」

「但知烏漣娘娘半身沒入東海……」壽雪抬頭仰望千里，問道：「若此半身復甦，當生何變數？」

千里皺眉說道：「鼇神甦醒之後，獲得了取回『使部』的力量……烏漣娘娘的半身如果甦醒，將會做出什麼事，實在令人難以預測……」

壽雪不禁按著自己的胸口，陷入了沉思。當年香薔為什麼能夠將烏漣娘娘封印在烏妃的體內？她不過是一介巫女，為何有那麼大的能耐，能夠限制神的行動？

會不會是因為……烏漣娘娘的力量減弱的關係？

「……烏漣娘娘半身復甦，當不復在吾體內？」

烏漣娘娘獲得了全部的力量之後，還會受困在凡人的體內嗎？

「烏或不復受禁錮……」

「但在烏漣娘娘解放之際……」千里的臉色看上去更加凝重了。「您的生命安全可能會遭受威脅。」

壽雪回想起了梟的「使部」宵月化成羽毛四下飛散的景象。或許「容器」終究難逃那樣的命運。

「然此亦為一線生機。」

壽雪低頭望著卷軸說道。

——沒錯，對於過去一直不知如何才能獲得解脫的自己而言，這可說是一線生機。

千里轉頭望向高峻，眼神像是帶著迷惘，也像是在觀察高峻的臉色。

「……這或許確實是解放烏、拯救烏妃的唯一手段。」

而高峻的口氣異常冷靜，令人摸不透他的心思。

「但我們不知道該如何讓烏漣娘娘的半身甦醒。倘若鼇神是因為歷經漫長歲月而甦醒，或許烏漣娘娘再過不久也會自行甦醒。但烏漣娘娘的情況，不見得會和鼇神相同，或許必須採取某種手段，才能讓烏漣娘娘甦醒……而且有一件事，令朕頗為放心不下……」

高峻頓了一下，接著說道：

「梟曾說『鼇神會索討祭物』。」

「祭物？」壽雪皺眉說道：「指以活人獻祭？」

「既然梟特別提起鼇神會這麼做，代表烏……也就是烏漣娘娘並不會這麼做。或許這就是幽宮之神與誕生在我們這邊的神祇的不同之處。」

「古人確實會對鼇神實施活人獻祭的儀式。從古代鼇神廟遺址所挖掘出來的祭祀用青銅器及石器上的圖騰，以及從古人墳塚出土的竹木簡日記，都可看出這一點。不過這些都是上古時代的事了，如今留存的鼇神廟並不會舉行這樣的儀式……偏鄉地區就不得而知了。」

對各地民俗信仰有著深入研究的千里接著說道：

「事實上以活人或牛羊之類家畜獻祭的儀式，並非只發生在古代的鼇神廟。當平民百姓在舉行祈雨儀式或祈求河水不要氾濫的時候，也會向河伯雨師❷獻上祭物。古代以活人向鼇神獻祭，據傳是為了祈求平息暴風雨及出海捕魚滿載而歸。不管是古代的圖騰紀錄還是一些古老傳說，都包含了將年輕少女投入波濤洶湧的海中的情節。相較之下，烏漣娘娘的廟不管是古代還是現代，都沒有類似的儀式。」

「鼇神受傷後沉入了海底。大海既是生命的搖籃，也是生命的墳墓。許多亡魂會在海上飄蕩，因海難而死的人也不在少數。」

這意味著鼇神在海中能獲得大量的「祭物」。鼇神能夠恢復力量，或許正是因為祂在漫長的歲月中，一直不缺「糧食」。

「……若鼇神醒後亦需活人祭物……」

壽雪低聲呢喃。

——如今鼇神確實有一名巫女。

從前曾是八真教信徒的紀泉女曾經提過，白妙子（鼇神）有個名叫隱娘的巫女，還是個年紀幼小的少女。

壽雪陷入了沉默，此時高峻說道：

「從不仰賴祭物力量的烏漣娘娘，能否在海中恢復力量，我們無從得知。但可以肯定的一點是，烏漣娘娘有半身沉入了海底。我們有沒有什麼辦法將祂找出來？」

「陛下的意思是……找出烏漣娘娘的半身？」

「倘若烏漣娘娘的半身化為一把刀子沉入海中，我們只要把這把刀子找出來就行了。」

壽雪反駁道：

「以東海之大，如何覓得一刀？」

「霄國以東有阿開國，大海的範圍較西側狹窄，況且伊喀菲島的位置在北方，既然兩神交戰對伊喀菲島造成影響，烏漣娘娘的沉沒地點很可能是在東海偏北的位置。」

2　河神及雨神。

「即便如此，亦如滄海一粟，從何找起？」

「朕會問問看梟，有沒有什麼方法……對了，還可以問那個人，或許他會有好主意。」

壽雪正要詢問是誰，心念一轉，已經明白了。

「封一行？」

高峻點頭說道：「擇日不如撞日，現在就去吧。」

「現在？」

「朕本來就打算要去見他，乾脆妳也隨朕一起去……他就在這裡。」

高峻指著槅扇窗外。

「那邊不是還有一座殿舍嗎？冬官府的人都住在這座殿舍裡，旁邊那座目前無人使用，朕心想正好合適。畢竟總不能一直把封一行留在內廷，所以朕就把他移到這裡安頓了。」

壽雪愣了半晌，發出「啊」的一聲輕呼。由於心中尷尬，她先輕咳了一聲，才問道：

「封一行……就在此間？」

「沒錯。」

「汝欲令封一行久居冬官府？」

「一來朕派人隨時盯著他，二來朕猜想他應該不會逃走，畢竟逃走對他沒有好處。冬官府的放下郎之中，有人精通醫術。將封一行安置在這裡，朕也比較安心……我們走吧。」

高峻淡淡地說完這幾句話，快步走向門口。千里見狀，趕緊將卷軸捲起。他雖然有些焦急，但動作依然相當輕柔謹慎。「請陛下稍候片刻，微臣立刻派人帶路。」

高峻不論說什麼話、做什麼事，總是一副雲淡風輕的態度，事先沒有任何徵兆，因此常令周圍的人來不及反應。

「汝素來平易有餘而威儀不足，當改之。」壽雪告訴高峻。

「威嚴？如何才能展現出威儀？」

「唔……倨傲少禮，可謂威儀。」

「就像妳這樣嗎？」

旁邊的千里噴笑了出來。壽雪瞪了他一眼。千里嘴裡說著「請恕微臣失禮」，肩膀卻依然抖個不停。

「朕說錯什麼話了？」

高峻面無表情地問道。

「多言無益。」

壽雪氣呼呼地轉身走向門口。

千里喚來的放下郎，引著三人走向後頭的殿舍。放下郎身上穿著鈍色❸長袍，那顏色有如寒冬中的天空，與宦官的服色有幾分相似。

三人跟隨著放下郎那鈍色長袍背影，穿過一道迴廊，迴廊上一片寂靜，微弱的陽光自上方灑落。雖然每個地方的迴廊在結構上都大同小異，相較後宮的迴廊飄著脂粉香及花香、洪濤殿的迴廊充塞著學士們的開朗氛圍與活力，這冬官府的迴廊卻是在靜謐與清幽中帶著一絲暖意，將冬官千里的人格特質表露無遺。

從迴廊遠眺中庭，可看見雅致而內斂的草木，每一株都經過細心修剪與整理。老楓樹、石蕗、虎耳草。

「好一座寧靜祥和的庭院。」壽雪加以稱讚，而千里登時喜形於色。

殿舍的外觀隨處可見斑駁的土牆及長滿了青苔雜草的破碎瓦片，看起來老朽程度比冬官府的其他地方有過之而無不及，而殿舍內或許是經過修繕的關係吧，狀況可比外觀看上去好得多。儘管小房間裡的裝潢擺設十分樸素，只有一座木製櫥櫃、一張木桌及一張木床，皆未曾上漆，但房內打掃得一塵不染，完全符合冬官府的風格。

高峻一踏進房中，一名老人立刻從床上坐了起來。

「陛下……」

老人顯得相當驚惶，急著想要下床，高峻制止道：

「坐著就行了。朕是來問話，不是來接受你跪拜行禮。」

「是……」

老人骨瘦如柴，再加上駝背，給人一種身形矮小的錯覺。壽雪不禁有些驚訝，原來封一行竟然是這樣的人物。壽雪過去所見過的老人，如麗娘、魚泳、老婢桂子等人，全都是昂然挺拔、精神矍鑠，因此壽雪完全沒有料到封一行竟然是這麼一個委靡不振的顫巍老人。

封一行身穿朽葉色長衣，一頭白髮乾枯至極，不見半分油脂光澤，只在頭上略略紮了個小髻。只見他垂下了頭，不再說話。

「壽雪。」

方才壽雪在門口就止住了腳步，高峻這才示意她前往床邊。封一行聽見高峻的呼喚聲，

3　暗灰色。

這才轉頭朝她望來。他看見身穿黑衣的壽雪，只是眨了眨眼睛，並不顯得特別驚訝。

「您是烏妃娘娘吧？」

封一行再度垂下頭，避開了壽雪的視線。

「烏妃娘娘，老夫真的不知道宵月想要加害於您。」

封一行的聲音沙啞而虛弱。

「是真的……」

「此事不必再提。」

壽雪冷冷地說道。不知道為什麼，一看見這個老態龍鍾的虛弱老人，她內心便產生了一股莫名的焦躁。與其這麼一副卑微可憐的樣子，還更寧願封一行是個桀驁不遜、目中無人的人物，看著這樣的封一行，她會感覺自己正在欺負一個無助老人。

封一行以一對憔悴的雙眸愣愣地看著壽雪，半晌後說道：

「您跟上一代的烏妃真的很像……不是外貌，而是說話時的口氣。」

壽雪先是一愣，接著才恍然大悟。封一行從前經常出入後宮，見過麗娘也是合情合理。

「汝與麗娘有舊？麗娘略通巫術，乃是受汝指點？」

「對、對……」封一行頻頻點頭。「雖然稱不上有多大的交情，但她的巫術確實是老夫所教授。」

「……原來如此。」

「從來沒有一代烏妃，能像她這麼長命。歷代烏妃必定早夭，她可說是個特例。」

「烏妃何以早夭？」高峻問道。

「每到新月之夜，烏妃必定飽受折磨。任誰都沒有辦法忍受那種痛苦數十年……」

烏會在新月的夜晚逃出烏妃的身體，在空中遊蕩。每當這種時候，烏妃總是會感受到宛如四肢遭撕裂的痛楚。

「上一代烏妃一輩子忍受著這樣的痛苦？」

「她的意志力及膽識，都是常人所不及。她一肩扛下了身為烏妃的痛苦，盡可能減少後代烏妃的痛苦日子。」

——麗娘……

壽雪感覺喉頭一陣苦澀，幾乎喘不過氣來。

「她認為巫術在很多小地方都能派上用場，所以學得很認真。但我們的職責是監視烏妃，所以在表面上不能跟她有太深的交情……」

「監視？」

壽雪愣住了。

「是的……」封一行眨了眨眼睛。

「何言監視？」

「我們這些直屬於皇帝的巫術師，就像是抵禦烏漣娘娘的盾牌。」

「盾牌？」

過去好像也曾聽過類似的說法。

──當發生萬一的情況時，可用來抵禦烏漣娘娘……是護衛用的防壁……

當初羽衣是這麼說的。

「非止巫術師，鰲枝殿亦然……」

「沒錯……巫術師的存在，是為了提防烏漣娘娘或烏妃背叛夏王。一旦發生這種事，就必須將烏漣娘娘連同烏妃一起殲滅。因為肩負這個職責，所以我們能夠自由進出後宮。」

在說話的過程中，封一行逐漸挺直了腰桿，口吻也變得沉著穩重。想必這才是他從前擔任皇帝直屬巫術師時的舉止談吐吧。

「話說回來，烏妃就像是後宮之囚。在我們的監視之下，烏妃沒辦法招攬部眾、組織勢力，只能在後宮過著孤獨的日子，就算其有再大的能耐，一個人也成不了什麼大事。而且城門有著香薔所設之結界，所以烏妃無法離城逃走。一旦走出城門，就是死路一條。」

「香薔所設之結界？」

壽雪雖受麗娘告知「出城就會死」，但是當然沒有實際測試過。想來過去應該有烏妃因此而死，否則也不會留下傳聞。

「關於這件事，老夫也只知道一些巫術師之間的傳聞……」

封一行皺起眉頭，面露驚恐之色。

「聽說香薔是以她的指頭設下了結界。」

這句話一說出口，房間頓時陷入一片沉默。

過了好一會兒，壽雪忍不住問道，而高峻與千里只是在旁默默聽著。

「……指頭？」

「到底是手指還是腳趾，老夫也不清楚。只知道全城共有九座城門，所以香薔共用了九根指頭。」

——為了牽制後代烏妃，做到這種地步？

壽雪感覺到一股寒意竄上背脊，忍不住打了個哆嗦。到底是什麼樣的意志力，讓香薔願意做到這個地步？是因為對欒朝開朝皇帝欒夕的愛嗎？但是……那真的能稱之為「愛」嗎？

「正確來說，是以九根指頭作為『詛戶』。詛戶的意思就是咒物，因此香薔所行使之術並非結界術，而是咒術。那就像是香薔所下的一道道詛咒。她擔心自己過世之後，後代的烏妃會與皇帝作對。後宮裡雖然有巫術師在監視著，但也有宦官及冬官府的冬官，烏妃如果有心造反……」

「且慢，為何提及宦官？」壽雪問道。

封一行目不轉睛地凝視著壽雪。或許是因年老之故，封一行的瞳孔呈現一種淡灰色。

「烏妃娘娘，您沒聽麗娘提過，不能在身邊安插宦官嗎？」

「此點吾亦知之，烏妃當孑然一身。」

封一行點頭說道：

「這是為了不讓烏妃聚眾朋黨。有些人特別容易成為烏妃的屬下……『灰衣象徵烏漣娘娘的奴僕』，娘娘曾聽過嗎？」

壽雪點了點頭。

回想起來，當初第一次見到羽衣時，壽雪的心裡就曾產生這樣的疑問。

——宦官的制服為什麼是灰色？

「宦官在從前本是烏漣娘娘的奴僕，就跟冬官府的冬官一樣。若說我們巫術師是皇帝的盾牌，那宦官就是烏妃的盾牌。」

「……但那宦官……」

宦官的職責只是侍奉皇帝及妃嬪，怎麼會變成烏妃的盾牌？

「不是有個管理寶物庫的宦官嗎？」

「羽衣？」那個人如今已經不在了。

「那才是宦官最原始的姿態，他們一群沒有性別的侍神者。聽說從前的宦官，大多是像羽衣那樣。如今改由淨身的男人當宦官，充其量只是宦官的贗品。」

壽雪聽得目瞪口呆，一時感到口乾舌燥，半晌後才問道：

「……方今宦官既是贗品，置之左右應無妨？」

「雖是贗品，但貌離而神似。他們拋棄了性別，也拋棄了凡塵俗務，在立場上可說是最接近侍神之人。且在本質上，他們仍是一群需要神的人。娘娘，您不曾有過這樣的感覺嗎？那些失去了性別的宦官，走到哪裡都受到輕蔑，就算死了也沒有人幫他們收屍埋葬。像這樣一群了無生趣的人，很容易就會聚集在烏妃的身邊。當然實際上的狀況，還得看當時的烏妃是個什麼樣的人……」

封一行凝視著壽雪的雙眸，接著說道：

「在老夫看來，您就是一位可以凝聚宦官之力的烏妃。只要您有心，得到世上的一切都非難事。」

「……欒冰月亦曾有此一語。」壽雪說道。

封一行聽到這個名字，臉色登時大變。他睜大了眼睛，嘴唇微微顫動。

「娘娘見到了冰月的幽鬼？」

封一行是冰月的老師。壽雪於是將之前發生的事一五一十地說了。

封一行那原本挺直的腰桿再度折彎，露出一副萬念俱灰的神情。此時的他再度變回了一個可憐兮兮的佝僂老者，剛剛那身為皇帝直屬巫術師的威嚴都已蕩然無存。

「原來冰月化成了幽鬼四處遊蕩，真是可憐。」

「如今已赴樂土，無須擔憂。」

壽雪雖這麼說，封一行卻皺起了一張臉，垂淚說道：

「老夫貪生怕死……為了苟活下去，竟然對弟子見死不救……」

「為己而哭，徒增心煩，可速噤聲。」壽雪冷冷地說道。

封一行吸了吸鼻子，說道：

「娘娘跟那個人好像……」

「麗娘？汝方才已曾言及。」

「不，老夫說的是擒住了老大的那名宦官。」

「衛青？」一旁的高峻問道。

「老夫並不清楚那名宦官的名字。」

「吾豈與彼相似？」

壽雪皺眉反駁，封一行只是「呃」了一聲，沒有多說什麼。

「閒話休提，吾欲知者，乃宦官之祕。」

「好吧……我們剛剛說到哪裡了？對……宦官很容易成為烏妃的部下。前朝有巫術師可防止這種事態發生，但如今宮城中已無巫術師。」

上上代的皇帝極度厭惡巫術師，宮城內的巫術師不是遭到驅逐，就是遭到處死。

「實在太危險了……如今的烏妃，恐怕沒有辦法再像前朝那樣……」

「封一行。」

高峻一臉嚴肅地喊道。

「是。」封一行也跟著繃緊了神經。

「沒有辦法再像前朝那樣，還有另一個理由。」

封一行愣住了，一時有如丈二金剛摸不著頭腦。「陛下的意思是……」

「如今的狀況跟以往大不相同。鼇神已恢復了力量，烏漣娘娘卻依然虛弱……你可知烏漣娘娘有半身沉於東海之下？」

封一行又是一驚，說道：

「陛下怎麼會知道這件事？」

「我們找到了一部差一點遭到銷毀的古籍抄本。當時的皇帝想要銷毀這部古籍，多半是想要掩蓋烏漣娘娘的力量只有一半這個事實。」

「……這是我們巫術師自古以口述的方式傳承下來的一個祕密。任何巫術師都不敢隨便把這個祕密洩漏出去。當時那皇帝銷毀古籍，理由之一確實是想要掩蓋烏漣娘娘失去半身的事實，但還有另外一個理由……」

封轉頭望向壽雪，接著說道：

「為了不讓烏妃興起尋找那半身的念頭。」

「尋找半身，有何不妥？」

「一旦烏漣娘娘取回了半身，烏妃的身體恐怕將再也封祂不住。」

壽雪等人當初也考慮到了這一點。

「然則確有尋半身之法？」

「既然從前的皇帝會擔心，代表烏妃應該有這樣的能耐……陛下和娘娘可知烏漣娘娘為何每到新月之夜，便會在空中遊蕩？」

高峻望向壽雪，她於是對著封一行說道：「非為享受遨遊之樂？」

「不，是為了尋找自己的半身。」

壽雪一聽，不由得倒抽了一口涼氣。原來是這麼一回事。難怪烏漣娘娘會到處亂竄，完全不受控制，帶給烏妃裂身之苦。

「……原來如此。」

高峻雙手盤胸，陷入了沉思。就連壽雪也不知道他的心裡在想些什麼。

「汝可知鼇神來歷？」

「就某一層意義上來說，鼇神是巫術師的鼻祖，巫術師的巫術都是由鼇神所傳授。據傳剛開始的時候，是一名年輕人向鼇神習得了一些術法。年輕人將這些術法命名為巫術，整理出一套系統之後傳授給百姓，這就是巫術師的濫觴……巫術師自古以來總是效忠於朝廷，據說那是因為第一代的皇帝是鼇神後裔的關係。皇帝除了有受到鼇神庇護的鰲枝殿之外，身邊還有我們這一群習得鼇神之術的巫術師，這些都是對抗烏漣娘娘的盾牌。」

封一行在說出這些話的時候，口氣平和而靜肅，宛如是一名老翁正在將古老的傳承故事告訴孺子。

「鼇神是相當古老的神祇，早在那純樸而野蠻的時代，便已出現在世人之間。剛開始的時候，鼇神是庇佑漁業興旺、航海平安的守護神，後來逐漸演變為庇佑延年益壽之神。這證明了鼇神原本是漁夫之間的信仰，後來逐漸往內陸移動，想來應該是部分的漁夫在移居內陸之後，將鼇神信仰推廣了出去吧。住在內陸的人不需要祈求漁業興旺，也不需要祈求航海平安，所以鼇神的效用變成了較為籠統而模糊的延年益壽。由於鼇神的歷史相當悠久，隨著時代的變遷，世人的生活模式不斷改變，信仰的形式也會跟著發生變化，最後當然也有可能遭到遺忘。如今的鵶幫祭文裡，還保留著一段相當耐人尋味的鼇神傳說……」

如今的鵶幫，是一些居無定所的表演團體，溫螢在進宮前也是其中的成員。但若追溯鵶幫的根源，便能知曉這原本是在沿海地區祈求漁業興旺的巫覡集團。

封一行接著唱出了那段祭文。其內容提及了國土的誕生及皇帝的起源，使用古老的語言，搭配上相當奇妙的節奏與旋律。

墜月燈海分雙神，一神為陰二神熒，

瓜分海隅八千夜，一神幽處黝御舍，
二神樂居月御舍，一曰幽宮二樂宮。
幽宮水門化大鼇，大鼇之神獲罪愆，
身斬八段流宮外，首為界島腕八荒，
腳為骨碌甲峽谿，血流成河眼為沼，
口吐渦流喚潮汐，腐肉生稻穗墜地，
生桑生蠶生萬民，又一骨化白龜神，
白龜之神曰鼇神，定海平瀾守舟船，
其神血脈傳八代，化為白王始稱帝……

封一行唱完了祭文，忽然開始劇烈咳嗽。千里拿起一件掛在椅子上的外衣，披在封一行的肩上。

「別著涼了，我去拿藥湯來。」

「謝謝……」封一行才一說完，又咳了起來。千里自己也常生病，因此照顧病患顯得駕輕就熟。

「今天就到這裡為止吧，朕過段日子再來。」高峻說完這句話，便轉身走向門口。

壽雪望著弓起了背不住咳嗽的封一行，說道：

「似汝這般飽經歷練之博識老者，猶然背負貪生怕死之悔？」

就跟孩提時代的壽雪一樣。

封一行詫異地抬頭仰望那名少女。壽雪對這個卑微老人感到愈加地焦躁與不耐煩，或許正是因為看著他，就像是看著從前的自己。

「因緣巧合，世人難測。若非汝苟生至今，吾亦無從得知這許多舊事。何是何非，誰人可斷？」

封一行眨了眨眼睛。

「吾尚有諸多問題，待汝一一解惑。望汝小心調養，勿有差池。」

壽雪說完後，便走出了房間。此時高峻正等在迴廊上。壽雪走向他，內心卻不禁暗自感慨。世事多變，福禍難料。如今認為值得慶幸的事，未來或許將招致禍端。自己能夠掌握的事情，可說是少之又少。

——既然如此，只能相信自己當下的決定。縱然事後證明那決定是錯的，也是莫可奈何。在人生的汪洋上，只有「自己的決定」這個不爭的事實，能夠為自己指引方向。

雖然知道了一些關於烏漣娘娘的真相，但壽雪在夜明宮內的生活並沒有什麼改變。唯一的不同處，是如今的烏妃盡可能不再接受宮人們的請託，不再無條件地幫大家解決問題。無論如何，不能讓「緇衣娘娘」那種莫名其妙的信仰繼續蔓延、擴散下去。每天晚上造訪夜明宮的人依然絡繹不絕，但全都被淡海及溫螢擋在門外。

——話雖如此……

「欲求烏妃娘娘相助！」

壽雪走在後宮之中，有時還是會遇到像這樣攔路求助的人。半夜的來訪者能夠擋得了，走在路上突然出現的求助者卻是防不勝防，令她窮於應付，卻同時也感到納悶，就算自己在不知不覺之中變成了一種信仰，信徒的增加速度也未免太快了些。

「閉門不出，或為上策。」

這一天，壽雪前往拜訪花娘，歸還上次所借的書籍。回程的路上，正這麼咕噥著，路旁忽然又有一名宮女一邊大喊「烏妃娘娘」，一邊奔上前來。溫螢趕緊將她擋住，然而她毫不理會，只是一味地對著壽雪哀求道：

「娘娘不接受我的請託也沒關係，但求賜下一枚護符！」

「……護符？」

壽雪一聽，不由得停下腳步，轉頭望向那宮女。

「我們宮裡好幾個宮女及宦官都有娘娘的護符，他們說那是辟邪的護符。」

——辟邪護符？

壽雪心想，自己確實有時會製作護符交給宮人，但近來已經有很長一段時間沒有製作辟邪護符了。

——這是怎麼回事？

「此等護符，皆與吾無關。」

「咦？可是……」

壽雪不再理會那宮女，快步走向夜明宮。

「此事頗有蹊蹺。」

淡海聽見壽雪的呢喃自語，問道：「娘娘說的蹊蹺，是指什麼事？」

「是那護符的事嗎？」溫螢也跟著問道。

「種種蹊蹺，非止一端……向吾託事求助者，近來何以如此之多？」

「這不就跟熱病一樣嗎？一旦開始蔓延，就會越傳越快。」

淡海說道。他似乎並不認為這是什麼值得大驚小怪的事情。

溫螢則面色凝重，顯得相當重視壽雪的疑慮。

「娘娘認為有人蓄意煽動？」

「是否蓄意，尚未可知。」

「我相信一定有人是基於善意，才到處宣揚娘娘的事情。如果你們要稱那是一種煽動，或許也沒有錯。當然到處兜售假護符的投機之輩，想必也是所在多有。」淡海說道。

「護符果為偽物？」

「這世上喜歡做仿冒生意的人可是多如牛毛。」

然而溫螢提出了不同的看法：

「護符這種東西，不具備相關知識是製作不出來的。」

「隨便拿一個別處討來的護符，再依樣畫葫蘆一番就行了。不過這需要相當多的紙，本錢不夠的人是做不成這門生意的。」

溫螢望著壽雪說道：

「娘娘，需要下官調查此事嗎？」

「嗯……事已至此，置之不理恐成禍端。」

「好，那麼下官負責調查有無煽動者……淡海，你負責調查假護符的源頭。」

「我不太想接受你的命令。」

「淡海，依溫螢命令行事。」

壽雪這麼一說，淡海立即滿臉堆笑，回應道：「遵命，娘娘。」

溫螢不禁深深嘆了口氣。

一回到夜明宮，九九迫不及待地奔上前來說道：

「娘娘，剛剛泊鶴宮的侍女來傳話，說是鶴妃娘娘相邀飲茶。」

「晚霞邀吾飲茶？」

「而且地點不是在泊鶴宮，是在外廷的鴦門宮。」

「何故約於外廷？」

「聽說鶴妃娘娘的父親及兄長都在那裡，鶴妃娘娘最近常去找他們。」

——沙那賣朝陽。

特地邀自己到鯊門宮喝茶，晚霞心裡到底在打什麼主意？

「鯊門宮在何處？」

「我對外廷也不太瞭解，鶴妃娘娘還派來了一名帶路的宦官，從剛剛就一直等著。」

壽雪不禁皺起了眉頭。

——糟糕，溫螢和淡海都出去調查事情了。

雖然晚霞提醒過要注意朝陽，但只是見個面而已，應該不需要護衛吧。

——沒辦法，也只能去了。

「明白了，吾去便回。」

「娘娘要找誰當護衛？」

「吾帶溫螢同往。」

壽雪不得已只得撒了個謊，迅速走出殿舍。當來到環繞夜明宮的樹林內時，她抬起了頭。放眼望去盡是栴樹的蒼翠枝葉，遮蔽了陽光，栴樹雖是常綠樹，但是跟夏天比起，此時葉片的綠色稍顯得暗沉了些，彷彿喪失了部分水分。

「……斯馬盧！」

壽雪呼喚了星烏的名字，聲音響遍了樹林裡的每個陰暗角落，下一瞬間，她便聽見了振翅聲及嘶啞的鳴叫聲。伴隨著那聲響，一隻鳥來到了她的頭頂上。黑褐色的鳥羽上帶著白點，有如夜空中的點點繁星。

壽雪伸出手，讓斯馬盧降落在手腕上。斯馬盧又叫了一聲，彷彿在向她示好。

「取汝一羽莫怪。」

壽雪將手伸進斯馬盧的翅膀裡，還沒有拔，一根黑褐色帶著白斑的羽毛已自行落在自己的手中。

「去吧。」壽雪伸手一揮，斯馬盧又飛上了空中。她將羽毛當成護符放進懷裡，先退入殿舍，接著便跟隨帶路的宦官前往鴦門宮。

鴦門宮位於外廷的西南方，或許是因為主要作招待賓客之用，建造得相當宏偉華麗，宮殿外圍被高聳的土牆所環繞、氣派的屋瓦及莊嚴肅穆的院門令人不禁肅然起敬。

而矗立在後方的殿舍，屋頂上則鋪著宛如魚鰭、魚尾形狀的琉璃飾瓦。屋簷下懸吊了一盞盞精細唯美的鏤雕吊燈，在陣陣清風下微微搖曳。這幅氣派的景象與冬官府可說是有著天壤之別。穿過了院門，領路的宦官繼續往前進，他登上了正殿的臺階，但沒有進入殿內，而是沿著外廊向右彎，穿過東側的迴廊，繼續將壽雪帶往深處。宦官告訴她，前面還有另一座殿舍，面對一片景色優美的庭園。又走了一會兒，前方出現一座池塘。她不禁停下腳步，觀看那景致。池面上劃過絲絲漣漪，池塘的另一頭是一大片綠色的樹林，中央高聳而兩側低矮，看上去像一座小山，池塘邊還擺設了許多形狀奇特的岩石，更有畫龍點睛的效果。驀然間，壽雪察覺池畔站著一個男人，那男人背對著她，看不見長相。

——那是誰？

那男人的穿著頗不尋常，而壽雪能夠看出那是個男人，是因為體格的關係。那人長得高高瘦瘦，但肩膀頗寬，身穿白茶色長袍，外頭還套著一件亞麻色❹無袖罩衫。罩衫上以五顏六色的絲線，繡滿了密密麻麻的細緻圖紋，而那腰帶上除了同樣以精細的刺繡點綴，尾端還垂掛著飾物。壽雪完全看不到那男人的長相，除了此時男人正背對著自己之外，更是因為男

---

4 黃棕色。

人的頭上罩著一塊布。

那不是身分高貴的仕女在外出時罩在頭上的薄絹，而是一塊頗有厚度的布套，令人好奇戴著那種東西如何能夠看見前方。布套上同樣有一些精緻的刺繡，邊緣處則垂掛著碎玉、琉璃等裝飾物。而從布套下方露出了一束黑色長髮，那頭髮連同細繩一起綁成了辮子。

男人整個衣著打扮從上到下都令人感到陌生——這個人絕對不會是朝陽。

但是那種異國裝扮，也不像是隨從。

「過來吧。」

男人突然說起了話，令壽雪心中一突。男人並沒有轉過身，但那聲音聽來是個壯年男子，原本帶路的那宦官，不知何時竟已走得無影無蹤。她走下迴廊階梯，朝著池塘走近，在與男人還有一段距離時，便停下了腳步。

男人頭上的布套忽然輕輕顫動。壽雪先是愣了一下，接著才察覺男人是在笑。

「呼呼……不用擔心，我不會對妳做什麼。我把妳喚來這裡，只是想跟妳談一談。」

壽雪驟然感覺全身不寒而慄，一股厭惡感竄上全身。這感覺是什麼？為什麼自己會對這個男人產生如此強烈的警戒心與排斥感？自己過去曾見過這個男人嗎？不，應該沒見過才對……那為什麼……

「汝喚吾至此？然則那晚霞……」

「晚霞小姐當然是在泊鶴宮內。她什麼也不知道，是我指使侍女，把妳叫到了這裡。」

「汝是何人？沙那賣朝陽身旁謀士？」

除非是朝陽身旁之人，否則不可能輕易使喚侍女做這種事，侍女當然也不可能接受。

男人似乎又笑了起來。

「我可不是什麼謀士，只是和朝陽有些交情。我是雨果的『叢星』，是一個占卜師……妳可以喚我為『玉眼』。」

壽雪只知道雨果是大海另一頭的南方小國，除此之外對這個國家一無所知。眼前這個男人是否真的來自雨果，她也無從求證。

「雨果之人，何以至此？何以喚吾至此？」

「我說過了，只是想跟妳談一談。」

「未必。」

壽雪說得不假辭色，絲毫不留情面。感覺一旦輸了氣勢，就再也逃不出對方的手掌心了。不知為何，她心裡對這個男人就是有股莫名的厭惡，難道真的曾經在哪裡見過……？

「我想談的是……關於詛咒的事。」

男人的聲音彷彿是從腳下的地面鑽出來一般。壽雪才剛驚覺不對，已經太遲了。

——詛咒！

壽雪感覺有東西纏上了自己的腳踝。雖然肉眼看不見，但感覺似乎是一隻冰冷而枯瘦的手掌，將自己的腳踝緊緊抓住了。她想要掙脫，卻說什麼也掙脫不開，那一根根手指陷入了肉裡，令自己痛得發出呻吟，感覺小腿骨隨時可能會被捏斷。壽雪定眼往四下一看，這才發現周圍的地面到處都有挖掘過的痕跡，一般的園丁絕對不會做這種事。壽雪心裡不禁暗罵自己太過大意，只注意著那男人的奇妙裝扮，竟然沒有察覺男人已在周圍布下陷阱。

「汝於地下暗埋何物？」

「妳猜不出來嗎？當然是『詛戸』。」

男人的嗓音驟然變得完全不同了。「來此的路上，剛好看見一具路倒屍，我順手借了一點東西。」

所謂「詛戸」，不外乎是屍體的指甲、頭髮、牙齒之類。將這些「詛戸」埋在地下，引誘想要詛咒的對象踩在上頭，是詛咒的慣用伎倆。

「汝……原來是……」

這種在背脊上亂竄的寒意……這種邪惡的詛咒氛圍……這種陰毒冷酷的恨意……沒錯，

壽雪想起來了。自己雖然沒有見過眼前這個男人，卻對這樣的詛咒相當熟悉。

——那正是當初令晚霞吃盡苦頭的蛤蟆咒法！

「白雷！」

「現在發現，已經太遲了。第一眼看到時，妳就應該要認出是我。」

白雷緩緩邁步，走向了壽雪。明明頭上罩著布，為什麼他能夠輕而易舉地辨別方位？難道是布上挖了小小的覘孔？由於上頭滿是刺繡圖紋，一時間也沒有辦法看清究竟有無孔洞。

白雷在她面前停下腳步，以眼神上上下下打量了一番，半晌後才說道：

「真沒想到……烏妃竟是這麼一個小女孩。」

白雷舉起雙手，十指在胸前交握。霎時間，壽雪感覺到握住腳踝的力量更大了，痛得皺起了眉頭。

「汝究竟……意欲何為……汝既不識得我，當與我無隙……」

「沒錯，我跟妳沒有嫌隙，但我希望妳死。」

白雷說得輕描淡寫，彷彿在說一件微不足道的小事。

壽雪一愣，說道：

「既要取我性命，當有深仇大恨？」

「不，我並不恨妳，只是希望烏妃從這世上消失。力量減弱的烏漣娘娘，已經派不上任何用場。明明力量不足，憑什麼在國家中樞享盡尊榮？唯有最強的人，才能站在頂點。」

白雷這幾句話說得雲淡風輕，不帶一絲的情緒，甚至顯得有些意興闌珊。這讓壽雪頓時感到一頭霧水，摸不透男人的心思，明明沒有仇恨，卻要取自己的性命；明明施下了陰狠毒辣的詛咒，卻沒有說出任何憎恨咒罵的字眼。

「……汝欲除烏妃，使鼇神得此尊位？」

白雷哼笑一聲，說道：

「那是之後的事，我一點也不放在心上。我只是看不慣烏妃，也看不慣那些信奉烏漣娘娘的人。妳不認為妳在欺騙善良百姓嗎？明知道烏漣娘娘的力量減弱了，還鼓吹大家信奉，妳不認為此行徑比八真教更加惡劣嗎？」

壽雪嚥了一口唾沫，不知該如何回應。明知道默不作聲會增長對方的氣勢，卻依然張口難言。白雷不愧是靠著三寸不爛之舌讓八真教勢力迅速擴張的教主，這幾句話說得刁鑽刻薄，令壽雪啞口無言。

——不能再被他牽著鼻子走！

雖然腳踝疼痛不已，但這種半吊子的詛咒要破解並不困難，只是不知道白雷接下來會如何出招。

——他會當場使出殺手鐧嗎？抑或……

「汝喚吾至此，究竟所為何事？」

壽雪這句話一問出口，反倒是白雷一時陷入沉默，或許是烏妃沒有如預期中被激怒，令他感到有些錯愕吧。此時壽雪也已摸索出了男人的手法，白雷擅長利用各種巧妙言詞，引誘對手一步步進入事先安排好的劇本之中。因此要與此人對峙，最重要的是不能讓他掌握對話的主導權。

「……我一開始就說過了，只是想跟妳談一談。」

「汝有何要求，可速道來。」

在這種情況下說出口的「談」，當然不會只是閒話家常。對方必定有著明確的目的，例如某種要求或是威脅。

「今天只是小小的警告，只要妳以後乖乖待在夜明宮裡別再出來，我可以饒妳不死。」

「此乃沙那賣朝陽之意？」

白雷沒有答話，等於是默認了。

「吾本不欲出宮，若非汝騙吾至此，如今吾尚在夜明宮內。汝作此要求，豈不自相矛盾？」壽雪故意顧左右而言他。

「真是個倔強的小丫頭，妳只要乖乖求饒，可以少吃很多苦頭。」

白雷不悅地說道。此時他終於流露出了一絲情緒。

「求饒？」

壽雪笑著說道：

「汝欲吾求饒，吾亦欲令汝求饒。」

壽雪迅速伸手入懷，取出斯馬盧的羽毛，那羽毛剛從懷中抽出，瞬間便幻化成了一把褐色長劍。

壽雪奮力舉劍往地面插落。

地底下瞬間響起有如口吐汙泥的詭異聲響，緊抓著壽雪腳踝的詛咒霎時消失得無影無蹤。接著她拔起長劍，踏出一步，對準了白雷的臉部向上翻斬。

白雷趕緊後躍，腳下卻一個不穩以致單膝跪地，而在這瞬間，其頭上布套已遭這一擊斬斷，隨之飄落在地。

直至此刻，白雷終於露出了真面目。

「恬不知禮！既言相談，當以真面目示人。」

白雷以一隻鳳眼瞪著壽雪，另一隻眼睛卻裹上了布。此人有著極深的五官輪廓，兩片薄薄的嘴唇毫無血色，流露出一股冰冷無情的氛圍。

「汝目之傷，當為詛咒反噬所致。手下敗將，何敢言吾弱？」

壽雪冷冷地說道。

白雷一聽，眼神登時閃過一抹憎恨之色。沒錯，正是這個。當初她在那詛咒中感受到的，正是這股憎恨。

「連反噬也只是這種程度的小丫頭，竟敢大言不慚。」

比起詛咒中的死屍呻吟聲，白雷那陰鷙的聲音更令人背脊發涼。

「反噬只傷了我一隻眼睛，妳該引以為恥。烏漣娘娘接下來只會越來越虛弱，妳遲早會失去一切，死無葬身之地。」

壽雪目不轉睛地看著白雷的臉。他的臉色比剛剛更加慘白，眼眸卻彷彿要噴出火來，那不是熾熱的火焰，而是靜靜燃燒的陰寒之火，彷彿可以讓一切為之凍結。壽雪很熟悉這樣的眼神。凡是心中抱持仇恨之人，一定會流露出這樣的眼神。

「……汝對烏漣娘娘心懷怨恚？」

「我恨的是你們所有人。」

白雷咬牙切齒地說道：

「我想要一把火燒死烏漣娘娘，燒死所有的信徒、烏妃，以及這個國家的所有百姓。」

壽雪不由得一愣，說道：

「汝為異國之人？」

「不，我不屬於任何一個國家……我是海燕子的阿尼族人。」

「海燕子……？」

白雷見了壽雪如此反應，整個人突然像是洩了氣的皮球，激動的情緒完全消失無蹤，臉上只剩下絕望與失落。

「住在內陸的人，連海燕子也沒有聽過。呵呵……這不是理所當然的事嗎？我的族人們就像是路旁的石頭，或是海中的泡沫，就算死得一乾二淨，也不會有人知道。」

「莫非全族受誅？」

「不，我的族人並非遭受刑罰，亦無違法亂紀，卻被你們霄國人殺得一個也不剩。」

白雷的表情及聲音再也沒有流露出剛剛那樣的強烈恨意，只隱隱帶著一抹憤怒與悲傷。

「海燕子就是漂海民，沒有固定的居住地，大多時候都在海上生活。主要從事捕魚及貿易活動，擅長咒術及醫藥，有時也會藉由提供情報來換取相對的報酬。我們通常會在遠離岸邊的海面上搭建小屋，與居住在海邊的陸地居民進行交流。陸地居民渴望得到的東西，不外乎是稀奇古怪的異國商品、珍貴的珊瑚、珍珠、夜光貝，以及藥物。藥物與咒術為一體兩面，陸地居民害怕我們所施展的各種神祕咒術，卻又仰賴我們所提供的各種靈藥。有些陸地居民還會委託我們向敵人下咒……從以前到現在，下咒一直是我最拿手的事。」

白雷說到這裡，朝壽雪瞥了一眼，接著說道：

「烏妃啊，妳是否曾嘗過幾乎嘔血的懊悔？」

壽雪看著他的眼睛，只是淡淡地說道：

「曾。」

白雷轉頭望向池塘。從壽雪的方向，只看得見他左眼蓋著布的側臉。

「我好後悔……當初實在不該破除那詛咒。當時我才十二歲，我見一名少女受到詛咒，於是施術破除。而下咒的女人遭到反噬，也就這麼死了。那個女人是少女父親的續絃妻子，她的兄弟們得知這件事之後勃然大怒，竟然煽動了其他居民，把我的族人們誘騙到岸上……殺得一個也不剩。」

白雷的嘴角扭曲，揚起了一抹微笑。

「當時我不過是個乳臭未乾的孩子，實在不該妄想要救助他人。我不該看那少女可憐，就對她伸出援手……只要那少女一死，事情就結束了，其他人都能好好活著。那少女的父親是大船主，宅邸裡有一座相當氣派的烏漣娘娘廟。其他村人們的家裡，也都貼著祈禱漁業興旺的烏漣娘娘護符。在那燃燒著營火的夜晚沙灘上，襲擊我的族人們的那一道道黑影，看起來就像是一隻隻可怕的烏鴉。那些隨著火光一起舞動的陰影深深烙印在我的眼裡，永遠無法消除。在那微弱的火光之中，我看見了不斷揮落的柴刀，看見了被揪著頭髮拖著走的女人，看見了被扔進火裡的嬰兒，看見了被人高高舉起的頭顱，看見了飛濺的鮮血……這一切的景象，都化成了一道道的黑影，那就像是一幕幕皮影戲的畫面。我獨自坐在離岸相當遠的船裡，眼睜睜地看著我的族人們慘遭殺害，慘遭凌辱，甚至是被活活燒死。那些陸地居民說為了感謝我拯救少女，要舉辦一場盛大的宴會，邀請全部的族人參加。大家都去了，唯獨我沒有參加。事後回想起來，或許是因為當下心裡已經有了不好的預感。我趁著那漆黑的夜色，拚命划著船逃走，身上什麼也沒帶，甚至連食物也沒有。我使盡吃奶的力氣逃到一座小島上，幸好後來運氣不錯，蒙鴉幫收留……

「那個鴉幫集團裡，有一名巫術師。雖然他只不過是個三流貨色，只能到處招搖撞騙，或是在路上當個算命先生，但是多虧了他，我獲得了從基礎開始學習巫術的機會。所以我所施展的術法，乃是結合了巫術及阿尼族的咒術，巫術是以鼇神為鼻祖，而阿尼族的咒術則是源自於星神，也就是航海之神。星神乃是誕生於大海之中，巡弋於天際，復歸於海中。星神有二，一曰阿加魯，二曰香香傈，雙魚之鰭可引得潮漲潮退，可興浪，可平浪，樂宮沉月，幽宮沉陰……」

壽雪聽到一半，已摘下了髮髻上的牡丹花，趁著白雷還沒有說完之前，朝著花瓣輕吹了一口氣。白雷的那一番話，從「二曰阿加魯」以下全部都是咒語。雖然壽雪不清楚阿尼族咒術的特徵，但很清楚咒語大多會使用對句的形式。

那牡丹花受壽雪這麼一吹，花瓣頓時從中向外散開，一片片花瓣如洪流一般湧向白雷。每一片花瓣都像是薄薄的利刃，劃傷了男人的臉頰、手臂。男人的詛咒沒有完成，原本撲向壽雪的詛咒浪潮也在中途四濺飛散。

然而白雷尚未放棄，竟接著從懷裡掏出了一只小瓶子，將裡頭的黑色液體灑向壽雪，那點點黑色液體在中途竟凝聚成了一條蛇。同時她的鼻中聞到了一股噁心的氣味，似乎是鮮血與不知什麼穢物混雜在一起，多半是某種蠱物吧。壽雪退了一步，同時揮出羽毛長劍，將蛇頭斬斷。那條蛇瞬間化成了一道黑色煙霧，接著一陣清風拂過，登時煙消雲散，消失得無影無蹤。

「汝非吾敵手。」壽雪說道。

白雷也不氣餒，只是淡淡地回應道：

「我贏不了妳沒關係，還有鼇神……」

一句話還沒有說完，池塘中驟然湧起了數道水柱，大量的水花飛濺到了兩人的腳下。不僅是壽雪，就連白雷也是大吃一驚，仰頭看著那水柱。顯然那不是白雷所施的術法。

白雷接著轉頭望向面對池塘的殿舍方向。一座露臺突出於池面上，露臺上站著一名少女。那少女約莫十歲年紀，身穿白絹襦裙，皮膚曬得黝黑，一對烏溜溜的大眼睛有如黑色寶石，上頭帶著又濃又長的睫毛，原本應該下垂的一頭秀髮，被颳起水柱的強風吹得上下翻舞，濺在上頭的水珠有如閃閃發亮的珍珠綴飾。

少女的雙眸正盯著壽雪。

「……隱娘，住手！」

白雷急得大喊，那少女的表情卻是沒有絲毫變化。白雷不禁咂了個嘴。連喊了好幾聲，少女才終於眨了眨眼睛，水柱也跟著散落。

——那女孩就是隱娘？

「汝竟以這般孩童……」壽雪不禁皺起了眉頭。

白雷嗤笑一聲，說道：

「我五歲就開始學咒術了。妳被帶進後宮，應該也是差不多的年紀吧？」

「即便如此，亦不似汝以孺子為祭物。」

白雷詫異地瞇起雙眼問道：「什麼？」

「吾問汝意欲以此女為鼇神祭物？」

「什麼祭物……？」

「鼇神須以幼女為祭物……汝竟不知？」

白雷愣了半晌，正要開口說話，不遠處忽然傳來了說話聲與腳步聲。

「喂！剛剛那是什麼聲音？」

迴廊上出現了兩名年輕人。走在前方的年輕人，不管是腳步聲還是衣襬摩擦聲都特別地大。相較之下，走在後方的那位則不僅年紀稍長，且無論是腳步聲或衣襬摩擦聲都幾不可聞，顯現出兩者間明顯的性格差異。這兩名年輕人的面貌都與晚霞有幾分相似，尤其是年紀較輕的年輕男人，那神韻幾乎與晚霞一模一樣。

——這兩人應該就是晚霞曾經提過的哥哥們吧。

「果然是你……你在這裡幹什麼？」

站在前方的年輕人對著白雷流露出明顯的厭惡之色。這個年輕人的相貌極為俊美，穿著一身紺青色❺長袍，顯得英姿挺拔；站在後方的年輕人則緊閉雙唇，皺起了眉頭，顯然對白雷同樣沒有好感。他身上的長袍是老年人特別喜愛的煤竹色❻，穿在他身上卻絲毫沒有突兀感，看起來就像是個風雅文士，只不過眼神帶著一股高高在上的傲氣，說得好聽點則是矯矯不群。

「爹到底在想什麼……咦？」

由於白雷正望著壽雪，年輕人的視線也跟著轉到了她身上。

「妳……妳是誰？」

年輕人看見身穿黑衣、手持褐劍的壽雪，整個人嚇傻了。

——這可有點麻煩。

壽雪放開長劍，轉身離去。那把長劍一脫離手掌，登時變回羽毛。

「喂，站住！」

壽雪疾奔離去，並不理會年輕人的呼喚。由於兩名年輕人站在迴廊上，壽雪並不登上迴廊，而是從旁邊穿梭而過。壽雪朝兩人瞥了一眼，剛好與年紀稍長的年輕人四目相交，只見那年輕人瞠目結舌，同樣顯得頗為驚訝。

壽雪奔出了院門，轉頭一看，並沒有人追出來。看來那兩名年輕人並不打算追趕，於是停下腳步，調勻呼吸。而後她抬頭仰望鯊門宮的屋瓦，愣愣地看了一會兒之後，才轉身快步離去。

「剛剛那女的，看起來不像婢女……難道是某處的宮女嗎？不，絕不可能……」

沙那賣亮目擊黑衣少女疾奔而去，嘴裡咕噥了一會兒，轉頭望向池塘的方向，不由得「啊」地大叫一聲。原本站在那裡的白雷，竟然也走得不見蹤影。

「那個傢伙！」亮忍不住咒罵了一聲。但畢竟白雷是父親邀請來的客人，也不好繼續追究這件事。沙那賣晨則是不發一語，默默走下迴廊階梯。

就在不久前，一個以布套遮住了臉的異國人，突然以訪客的身分來到了鯊門宮。過了幾

5 藏青色。
6 暗茶褐色。

天後，晨跟亮都已察覺這個異國人其實就是白雷，但畢竟他是父親的客人，兩人只好裝作不知道。兄弟兩人都感到相當納悶，不明白父親為何要把白雷這種危險人物叫到鯊門宮來。

晨走到池畔，彎下了腰。地上有一根鳥羽，是剛剛那名黑衣少女所掉落的東西。不知是何種鳥類的羽毛，顏色為黑褐色，上頭帶著一些白色斑紋。

——那少女……應該是個妃子吧。

她身上的襦裙繡著的是金絲銀線，頭上亦插著好幾支髮簪及步搖，那身華貴的打扮絕對不會是宮女。

但如果那少女是妃子，那就更說不通了。為什麼一名堂堂的妃子，會在這裡與白雷對峙，且身邊竟一名侍女也沒帶？晨細細回想，那少女穿著一身漆黑的服裝，皮膚白皙而雙唇紅豔，有如一朵在雪中傲然綻放的茶花。然而更令晨感到印象深刻的，是那少女的雙眸。那有如濡濕的黑曜石一般耀眼奪目的瞳孔，好比是最深邃的夜色，是如此震懾人心，令晨一時渾然忘我。

明明沐浴在淡淡的陽光下，那少女的身上卻散發出一股幽深的氛圍。有如夜晚的露水，又似反射著月光的屋甍，閃爍著妖異的光彩。就在與少女四目相交的那個瞬間，周遭的一切色聲相彷彿都消失了，眼前只剩下那名少女。

——過去從來沒有見過這樣的奇女子……難道竟是仙女或妖魔？晨拾起了那羽毛，怔怔地凝視了好一會兒，慢慢將羽毛放入懷中。

花娘在鯊門宮遇上事端的隔天造訪了夜明宮，壽雪本以為她又帶了書來，一問之下，原來是有事商談。

「這件事，我實在不知如何處置，只好來借助阿妹的智慧。」

花娘嘆了口氣，向來爽朗而慧黠的臉上竟帶著一抹陰霾。

「何事令汝心憂？」

「妳聽過『緇衣娘娘』嗎？」

壽雪心中一凜，隨口應了一聲。所謂的緇衣娘娘，指的就是自己，難道花娘不知道嗎？她心中如此想著。但一問詳情，顯然並非如此。

花娘苦笑著說道：

「其實我認為『緇衣娘娘』跟妳並不相干。那些信徒刻意將烏妃加以神祕化及神格化，只是為了創造一個發洩苦悶及祝禱膜拜的偶像。此事只要稍一不慎，很可能會釀成大禍。」

花娘在經歷過了月真教的事件之後，深知信仰的可怕。只見她憂心忡忡地說道：

「『緇衣娘娘』的信徒之中，有些人根本沒見過妳。信仰就像脫韁的野馬，一旦造出了神，就再也管束不住……而且還有人藉機敲詐欺騙，從中牟利。」

「汝言假護符之事？」

「是啊，妳連這個也知道？」

「吾已知兜售人並主謀者身分。」

製造假護符的人，正是白雷。淡海設法取得了一枚假護符，壽雪一看上頭筆跡，正與從前白雷所寫的咒符筆跡相同。

泊鶴宮內有白雷的協助者。將壽雪誘騙至鴦門宮的那名侍女，九九指稱那確實是泊鶴宮的侍女，只是喚不出名字。

根據淡海的調查，假護符的來源也是泊鶴宮。原本以為要查出假護符的來源並不難，只要詢問持有假護符的宮人就行了……沒想到那些宮人們竟然堅持不肯透露。似乎是賣出假護符的人要求他們不准把這件事說出去，理由是「這些護符是烏妃娘娘特別通融才答應製作的，如果傳出風聲，會造成烏妃娘娘的困擾」。

即便淡海告訴他們「這些護符都是假的」，他們也不相信。最後淡海費盡千辛萬苦，才終於問出販賣護符的是一名泊鶴宮的宦官（淡海絕口不提自己使用了什麼樣的手法才讓他們吐實）。至於那名宦官的身分，至今還在調查當中。

另一方面，溫螢調查這場騷動的煽動者，最後查出幕後黑手應該也在泊鶴宮內。泊鶴宮的每一名宮女及宦官都與其他宮的人有所交流，一時半刻還無法找出最上游的源頭，溫螢正在進一步追查當中。

「此為吾手下宦官所查得。」

壽雪一面說，一面在桌上攤開了一張紙。

「宮女、宦官互有往來，關係複雜。」

紙上寫著各宮的宮女、宦官的名字，有所往來的人物，名字跟名字之間以線相連。由紙上可以看得出來，宮女、宦官的交遊狀況並非只受「任職於哪一宮」所影響。

「如出身商家或富農之家者，互相多有往來。除此之外，出身之地亦是一因。宮女雖以京師出身者居多，尚有東、西、遠、近之分，交遊關係亦各自不同。官吏之女多結交官吏之女，不與他人交遊。宦官則出身地大相逕庭，同鄉者交遊較密。」

壽雪指著泊鶴宮某一名宦官的名字，接著說道：

「以此人為例，此人為翊州出身，飛燕宮亦有宦官為翊州出身，兩人所處之宮雖異，卻有深厚情誼。除此之外，此兩人於宮內皆有交好之人，故縱使互不熟識，亦間接牽連。『緇衣娘娘』信仰便是由泊鶴宮宦官依此關係向外傳播。」

「緇衣娘娘」信仰的傳播速度如此之快，宮人之間的緊密網狀關係也是一因。

「要查出那麼多關係，應該很不容易吧……」

花娘看著關係圖，忍不住讚嘆道：

「看來這個宦官相當優秀。」

「嗯。」

壽雪心中既有些自豪，又有些羞赧。就算是自己受到稱讚，也不曾有過這樣的感覺。

「從這張圖看來，信仰傳播的中心地似乎是泊鶴宮。」

「或因吾曾助晚霞……鶴妃。」

不，若要追究肇因，還要再往前推。自從那次受了高峻的委託之後，自己就經常離開夜明宮，幫助他人解決問題。

「主謀者到底是誰？」

「唔……」

在泊鶴宮內掌握主導權的人，或許是某個侍女，但是白雷才是在背後牽線的人物，而白雷的背後，還有朝陽在運籌帷幄。昨天發生在鯊門宮的事情，已讓壽雪得知白雷與朝陽是沆瀣一氣。他們故意讓壽雪知道這件事，或許是為了使威脅更具效果。

——如果想要保住性命，就不要再隨便離開夜明宮。

這就是他們對壽雪的威脅。這場騷動如果繼續惡化下去，將來倘若發生暴動，勢必會一發不可收拾，自己也將遭受牽連。

壽雪不禁暗想，白雷曾說他憎恨烏漣娘娘，那麼朝陽呢？

朝陽同樣想要排除壽雪，想要排除烏妃嗎？因為他是鶴妃的父親？

「……」

「阿妹？」

花娘的呼喚聲，讓壽雪回過了神來。

「唔……吾正清查泊鶴宮侍女，主謀者應是其中一人。」

「嗯，總而言之，亂源就在泊鶴宮內。要收拾這個事態，得讓鶴妃出面才行。」

花娘憂鬱地嘆了一口氣。

「汝為後宮之主，故有此憂。」

「不能讓陛下為這種事情煩心。」

後宮內基本上是由位階最高的妃子掌握管轄權。如今雖然出現了假護符的亂象，但現階段充其量只是一場曖昧不明的信仰騷動，還不到要讓勒房子出面處理的程度。花娘是後宮之主，當然想要在騷動擴大之前設法平息。

「我會找鶴妃談一談。她雖然年紀小且行為舉止有些讓人捉摸不透，但其實是個能夠分辨是非道理的人。」

「吾亦有此感……」

當初第一眼看見晚霞的時候，感覺她是個不食人間煙火的神祕少女。但實際相處過之後，才發現她其實是個相當深思熟慮的人，不僅懂得自我反省，而且也很為他人著想，懂得各種人情世故，並不是一個懵懵懂懂的女孩。

——晚霞或許知道一些內情。

而且晚霞與其父親應該不是一丘之貉，她是真的打從心底厭惡白雷這個人。當初她遭到詛咒而垂死掙扎時所說的那些囈語，應該不會是假的。

如今壽雪已逐漸釐清了晚霞、白雷與朝陽等人的關係。

「阿妹，今天來找妳談這件事果然是正確的決定，我感覺舒坦多了。」

花娘離去前臉上帶著笑容，神情中的陰霾也少了幾分。

✿

這天晚上，高峻也來了。

「聽說妳去了鴦門宮，是真的嗎？」

高峻一看見壽雪，劈頭便這麼質問。

壽雪登時一陣錯愕，說道：

「昨日……確實曾至鴦門宮。」

「妳怎麼會擅自做這種事……妳沒事吧？朕可沒接到妳出了事的消息。」

高峻顯得相當焦急。雖然面上還是一樣喜怒不形於色，但有些顛三倒四的說話方式卻出賣了他。

「吾委實不知汝意，可稍坐飲茶，恢復冷靜。」

壽雪著實沒想到自己竟然會有建議此人「恢復冷靜」的一天。

高峻也不違拗，乖乖啜了一口茶。

「……抱歉，朕太擔心，一時口不擇言。」

「嗯……」

這句話說得太坦率，令壽雪一直不知該如何回答。

「朕實在應該先提醒妳提防沙那賣朝陽才對……朕沒想到他竟然會把妳叫到鴦門宮。」

——妳要小心我爹。

「吾早已受人提醒，汝無須掛心。」

「有人提醒過妳了？」

「晚霞。」

「……鶴妃……？」

「吾正欲以此事告汝……朝陽與白雷互相勾結，晚霞是否參與則不得而知。此女厭惡白雷，對乃父則敬懼參半。」

壽雪雖然沒有見過朝陽，但對此人頗為反感，一個會強迫女兒做出那種抉擇的父親，絕對不會是什麼善良之輩。即便晚霞再怎麼喜歡父親，也無法改變她對朝陽的觀感。

「……朝陽知道妳的祕密，而且很可能也知道烏妃的祕密。」

高峻淡淡地說道。壽雪一聽，不禁皺起了眉頭。

「朕不清楚消息是如何走漏的。但朕很肯定朝陽對妳抱持敵意，實在應該事先提醒才對……朕以為他不會那麼快就採取加害於妳的行動。」

「彼雖加害於吾，吾未受其害……彼非吾敵手。」

「原來不是妳的對手。」

高峻不禁笑了出來。壽雪看見高峻的笑容，也暗自鬆了口氣。比起讓他擔心，自己更寧願這人一笑置之。

「然吾未曾親見朝陽，彼僅唆使白雷威脅於吾，令吾不敢擅出夜明宮。」

「吾雖未見朝陽，卻見晚霞兄長二人。」

壽雪另外又想到一件事，接著說道：

「朝陽的長男及三男都來了，應該是那兩人吧。」

「次男未至？」

「聽說是留在賀州。據傳次男是朝陽最信任的兒子。」

「若是如此，長男情何以堪？」

「家門的繼承人應該還是長男吧……沙那賣家的家庭問題姑且不談，那兩個兒子是否對妳說了什麼話，或是做了什麼事？」

「僅是對望，並無交談。彼兩人似不喜白雷，且不知吾身分。」
「那就好。」
「吾觀此態，朝陽應是獨自與白雷勾結，未與二子共謀。」
「嗯……」
高峻雙手盤胸，沉吟道：「原來如此，那是他自己一個人的主意……」
「汝好獨思，吾甚不喜。」
壽雪忍不住呢喃說道。
高峻一愣，抬起了頭。
「咦？」
「……汝既未聞，吾不再言。」
「朕不是沒聽見……原來如此，朕明白妳的意思了。但是把心裡的想法全都說出口，似乎也不太對。」
「……不必盡言，但斟酌以告。」
「朕剛剛在想的事，妳認為朕應該說出來？」
壽雪點了點頭。

「原來如此……朕剛剛在想的是沙那賣一族的特性。沙那賣族的當家擁有絕對的權威。朕上次也提過，他們非常尊敬長輩，反過來說，這也代表著當家的責任非常重大。當家絕對不能做出錯誤的決定，不能背叛一族的信賴，卻也不會找晚輩商量事情。相信朝陽的父親當初也是這樣吧，所以朝陽不會告訴兒子們任何事，一切都是自己決定……這就是朕剛剛在想的事情。」

「原來如此……」

「朝陽所做的每一件事，都是為了沙那賣族。只要是對一族有利，他就算是背叛朕也在所不惜。如今他對朕鞠躬盡瘁，是為了確保一族的安泰。」

「對汝鞠躬盡瘁？」

「為了朕好，他可能會設法將妳排除。」

——原來是這麼回事。

壽雪恍然大悟。

「無怪乎彼欲吾繭居不出。」

「這個男人的行動，還有許多令朕難以預測之處。這次的事情，就是最好的例子。朕看妳還是安分一點比較好。」

「汝亦欲吾繭居不出？」

壽雪有些不開心地說道。

「朕不是那個意思，只是希望妳不要做出觸怒朝陽的事。」

「何懼朝陽以至如此？」

壽雪將頭別到一邊。心裡雖然明白高峻的意思，還是有些氣不過。並非於理不合，而是心情無法調適。一旦在心情這一關過不去，就算講再多大道理也沒有用。

「……朕是在為妳擔心。」

高峻的口氣帶著幾分焦躁與幾分困惑。只不知道是困惑於壽雪的反應，還是困惑於自己的焦躁。

壽雪將視線移回高峻的臉上。一看見他的表情，登時明白是後者——那並非因他人而動怒的表情。

高峻只是一臉困惑地望著壽雪，對此顯得有些不知如何是好。那不是因壽雪而困惑，而是因不知如何面對自己的心情而困惑。壽雪心裡很清楚這一點，因為她也常有這樣的感受。為什麼會時常出現這種麻煩的心情呢？壽雪自己也說不出個所以然來。除了面對高峻之外，從來不曾像這樣心中同時懷抱著焦躁與困惑的心情。

「……汝不言，吾豈不知？烏妃本應蘼居不出，何待人言？」

「不，朕只是……」

高峻說到一半，忽然沉默不語，半晌後才改口說道：

「……今後朕也會多加留意鯊門宮的動靜。再過半個月，他們就會離開京師。朝陽回到賀州之後，應該也不會再採取強硬手段。」

高峻說完這句話，便匆匆忙忙地離開了夜明宮，由於走得太急，壽雪竟來不及提起「緇衣娘娘」的事。而後她心想，就算自己不提，那人多半也早已接到了消息，何況負責處理這件事的是花娘，自己也不好多說什麼，就算要提供建議，也應等多查出一些眉目後再說。

壽雪原本是這麼想的，然而當事後回想起來，這實在是個錯誤。

✿

花娘帶著一群侍女及宦官，前往了泊鶴宮。環繞四周的柏槙籬笆，有如是守護著泊鶴宮的城牆，如針一般的細葉之間，生長著一顆顆的嬌小果實，而籬笆的後頭，可看見一座座的殿舍。殿舍的上方有著油亮而燦爛的琉璃瓦，飾瓦的造型是張開了雙翅的鶴，垂掛在下方的吊燈上頭也有鏤空的鶴紋，而殿舍周圍的土牆皆塗布了雲母，看起來白皙耀眼。

花娘一踏進院門，便看見成群的宮女與宦官，一同對著自己鞠躬作揖。鶴妃就站在眾人中央，背後也跟著一群侍女。

待花娘走到鶴妃的面前，鶴妃便向她屈膝行禮。鶴妃那充滿稚氣的臉孔今天不知為何有些蒼白，或許是為了掩飾這一點，還故意把臉頰及嘴唇塗得特別紅，卻反而讓整個人的氣色看起來更差了。

花娘被引進了寬敞的正殿大廳上，殿內所有的門扉都是敞開的，可以清楚地看見庭院景色。那是高峻特地命人重新種植的梔子花庭院，圓潤飽滿的橢圓形果實，已開始帶上一點朱紅色。花娘看著那逐漸鼓脹的果實，心裡想到自己這一生可能再也沒有機會生兒育女，登時感覺到胸口彷彿有一股涼颼颼的寒風吹襲而過。雖然沒有任何不滿，也並非感到絕望，卻有一種彷彿置身在秋風之中的蕭瑟與寂寥。

鶴妃的侍女送上了茶，光聞那茶香，便知道那應該是平常陛下臨幸時才會端出的茶。那侍女不管是舉止還是態度都極為高雅端莊，絲毫沒有可挑剔之處。但花娘定睛一看，侍女的腰帶上掛著黑色飾繩，她接著轉頭望向在大廳角落待命的那群侍女，幾乎每一名侍女的腰帶上皆掛著黑色飾繩，有些甚至還模仿壽雪佩掛了魚形吊飾。

至於眼前的鶴妃晚霞，腰帶上則只有一些銀製飾品，並沒有黑色飾繩。她上半身穿的是織著對鳥圖紋的深綠色衫襦，下半身則是碧綠及深紫線條交織的長裙，布料質地看起來華美細緻，散發著柔和的光澤，應該是使用了沙那賣的絲綢。

晚霞一直沉默不語。依照後宮的規矩，在上位妃嬪開口之前，下位妃嬪不能先發話。

「真是好茶，是蕪州茶嗎？」

花娘故意問了一句無關緊要的問題。

「是的，姊姊。」晚霞淡淡地說道。「姊姊」是下位妃嬪對上位妃嬪的敬稱。晚霞自己則因為身體不適，並沒有喝茶，喝的是白開水。

「妳是不是瘦了？」

「有一點……或許是夏天暑氣難消，沒什麼食慾。」

晚霞以雙手捧著裝白開水的杯子，垂首盯著水面說道。不知當她低下頭時，那水面上究竟映照出了什麼樣的神情？儘管晚霞雖然瘦了一些，但臉部及手指卻反而有些浮腫。

「妳跟烏妃年紀相近，感情是不是很要好？」

這突如其來的問題，令晚霞錯愕地抬起了頭。每當她露出這樣的表情，看起來總是比實際的年齡更加稚嫩。

「啊……呃，稱不上要好。」

「妳可以跟她多往來，她是個心地善良的人。」

「……我知道。」

「既然妳也知道烏妃心地善良，就應該盡量別給她添麻煩。」

晚霞目不轉睛地看著花娘。

「請問……烏妃發生什麼事了嗎？」

「等到發生什麼事，就已經來不及了。」

晚霞的眼神左右飄移，略一沉吟，已明白了花娘的言下之意。

「姊姊希望我配合做什麼事嗎？」

「我希望妳做的事，就是管好泊鶴宮裡的人，不讓他們做出不該做的事。妳身為一宮之主，這是妳的職責。」

晚霞愣愣地聽完，輕輕點頭說道：

「這我明白……宮裡發生的事，我已大致掌握，但由於我極少出宮，不清楚外面的狀況……這件事已經波及到姊姊的宮內了？」

「正確來說，是整個後宮都被波及了。」

晚霞默然無語，花娘也看不出她是真的不知情，還是明明知道卻置之不理。

「真的很對不起，我會好好地告誡他們。」

「既然妳明白我的意思，那我也不再多說什麼……這件事就麻煩妳多費心了。」

雖然傳達的方式有點拐彎抹角，但至少已經讓晚霞明白了自己的來意。

「……請等一下，鴦妃娘娘！」

說出這句話的人不是晚霞，而是站在大廳角落的一名侍女。那侍女約莫二十歲年紀，一張鵝蛋臉，膚色也像鵝蛋一樣白皙，不管是容貌還是舉止都極為端莊而文靜，沒想到竟突然對花娘發難。

只見她踏出一步，氣勢洶洶地說道：

「鴦妃娘娘，您今天的來意，是要指責我們信奉『緇衣娘娘』的行為嗎？」

不需言明，這名侍女的腰帶上也佩掛著黑色飾繩。

「就算您是鴦妃娘娘，也不該干涉我們的心靈依歸吧？要信奉、尊崇什麼，都是我們的自由。」

那侍女的雙眸是如此清澈而殷切，沒有一絲迷惘。花娘受到震懾，不由得退了一步。

沒想到局勢已經演變到這樣的地步……花娘不禁感到背脊發涼。

「無禮的傢伙！快退下！」

一名花娘的侍女瞪著眼睛踏前一步。

「你們這些後宮的亂源！鴦妃娘娘已經盡量想要大事化小了，你們竟然還不知感恩！到處發送假護符的人，有什麼資格談自由！」

「假護符什麼的，一定只是場誤會！怎麼可以因為這種謠言，就打壓我們的信仰！」

「真是愚蠢之輩！」

「妳說我們愚蠢？」另一名年紀較大的侍女忍不住說道：「這對『縕衣娘娘』是莫大的侮辱！無禮的是妳們！」

「沒錯，太過分了！」

其他的侍女們也紛紛出言指責，她們的聲音越來越高亢，情緒也越來越激動。花娘的侍女察覺苗頭不對，嚇得往後退了一步。

——這可不妙！

花娘轉頭望向晚霞。只見她愣愣地看著侍女們，沒有任何反應，顯然連她也已經管束不了自己的侍女。

花娘一步步往後退，忽察覺背後竟出現了人影。轉頭一看，外廊上竟站著無數的宮女及宦官，每一雙眼睛都注視著大廳裡的動靜。令人無法忽視的是，他們每個人的腰帶上都垂掛著黑色飾繩。

「花……花娘娘！」

花娘所帶來的宦官則都被擋在人牆的外側，個個臉上都帶著不知所措的表情。一大群板著臉的泊鶴宮侍女們聚集在花娘的周圍，不留一絲空隙。

「鴦妃娘娘，請收回您剛剛的話！」鶴妃的侍女們一步步朝著花娘逼近。

花娘感覺到自己的心跳越來越快。

壽雪正在夜明宮教衣斯哈寫字，忽聽到一陣倉促的腳步聲奔進了殿舍內。

「烏……烏妃娘娘！」

腳步聲的主人竟是泊鶴宮的侍女紀泉女，溫螢與淡海也跟在她的身邊。壽雪明白一定是出事了，立刻站了起來。

「發生何事？」

「娘娘，泊鶴宮似乎出事了。」溫螢說道：

「似乎是鴦妃娘娘遇上了危險……但是她也交代不清楚。」

「花娘……？紀泉女，究竟發生何事？」

「呼……呼……」

泉女不住劇烈喘氣。九九取水來讓她喝下，心裡暗想上次也發生過類似的狀況，那次是晚霞遇上了危險。

「花娘有難，而非晚霞？花娘在泊鶴宮內？」

壽雪問道，而泉女點了點頭。

花娘與泊鶴宮……她心中猛然想到一件事，說道：

「莫非花娘為『緇衣娘娘』之事往見晚霞？」

「是的……沒想到泊鶴宮的侍女們突然開始吵鬧……」

泉女一邊拭汗一邊說道。

「開始吵鬧……當鴦妃之面？」

「是的，過去從來沒有發生過這種事，我心中害怕，就跑出來了。要是鴦妃娘娘有什麼萬一……除了烏妃娘娘之外，恐怕沒有人能阻止她們……」

「晚霞不在？」

泉女難過地搖頭說道：

「晚霞娘娘已經管束不了她們，就連吉鹿女也……」

吉鹿女是泊鶴宮內相當老資歷的侍女。她原本是八真教的虔誠信徒，後來晚霞因詛咒而病入膏肓時，她急得像熱鍋上的螞蟻。當烏妃娘娘拯救了晚霞，最感謝烏妃的人也是她。

「……既是如此，吾當速往。」

壽雪留下了滿臉憂色的九九及衣斯哈，帶著溫螢及淡海離開夜明宮。

壽雪一踏進泊鶴宮，便看見殿舍外有兩群宦官正在吵鬧不休，似乎是泊鶴宮與鴛鴦宮的宦官。只見他們你推我擠，正吵得不可開交，她也不予理會，逕自走上了臺階。就在這時，殿舍內傳出器皿的碎裂聲，壽雪心中一驚，趕緊奔了進去。

一踏進門內，只見桌子早已被推倒，茶具散落一地。好幾名侍女們大打出手，互相拉扯對方的頭髮及衣服，每一名侍女皆是披頭散髮，身上的襦裙多有破損。整個大廳裡亂成一片，竟沒有半個人察覺壽雪走了進來。

驀然間，壽雪聽見了下方傳來啜泣聲。低頭一看，花娘竟倒在門扉附近的地板上，一名侍女在她的旁邊哭個不停。

「花娘！」

壽雪趕緊在花娘旁邊跪了下來，查看花娘的狀況。

「阿妹？」花娘抬起了頭來。

壽雪一邊攙扶她，一邊問道：「傷及何處？」

「我沒有受傷，只是不小心摔倒了……」

花娘說道。但她一抬腳，竟痛得皺起了眉頭，似乎是扭傷了腳踝。

「那些侍女們凶巴巴地走過來，花娘娘急著想要退出殿舍，腳下一個沒踩穩……」旁邊的年輕侍女一邊啜泣一邊說道。

「是我的處理方式不對，我不知道問題已經那麼嚴重……」

「花娘娘，這不是您的錯……」

「先離此間，再行定奪……淡海！」

壽雪對著背後喊道。淡海及溫螢都站在壽雪的背後。

「送花娘回鴛鴦宮。」

「是……鴦妃娘娘，失禮了。」

淡海不費吹灰之力就將花娘抱起，大跨步走出殿舍。

壽雪見淡海已離去，於是走向大廳深處。「汝等速速住手！」

壽雪張口大喊，但聲音完全被侍女們的尖叫聲及爭執聲掩蓋了，完全沒有安靜下來的跡象。爭吵不休的侍女約有十人左右。壽雪為了平息場面，轉頭吩咐溫螢先將旁邊扭打成一團的兩名侍女拉開。

「啊，烏妃娘娘……」

兩名侍女一被拉開，這才恢復了冷靜。她們看見壽雪，登時嚇得全身僵硬，一動也不敢動。壽雪正打算以這種方式將爭執中的侍女們一一拉開，忽聽見不遠處有一名侍女大叫一聲「放開我」。她暗自嘆息一聲，正要轉頭去看，忽然驚覺眼前出現了一團陰影。

下一瞬間，壽雪聽見了鈍重的聲響。那是身體部位被硬物擊中的可怕聲響。但是遭擊中的人並非自己。只見她身旁一個人忽地蹲了下來，鮮血一滴滴落在地板上。

原來一名爭吵中的侍女所拋出的器皿朝壽雪飛來，當時溫螢正揪住了一名侍女，他見狀趕緊放下侍女，朝壽雪奔來。沒想到有另一人的動作比溫螢更快，替她擋下了這一擊。

「……衛內常侍！」

溫螢驚訝得大喊。那聲音充滿了驚愕，簡直像是看見了難以置信的事情。只見衛青跪在地上，按著自己的額頭。

壽雪一時無法理解發生了什麼事，全身動彈不得。

——他為什麼要做這種事？

是衛青保護了自己？這不可能吧？

「所有人都不准動！」

門口處響起了喝斥聲。那聲音平靜、宏亮且充滿威嚴，而站在門口的人物，正是高峻。侍女們全都嚇傻了，趕緊跪下磕頭，只憑高峻的一句話，便瞬間結束了這場騷動。

高峻緩緩踏入廳內，在衛青的身旁停下腳步，從懷裡掏出手帕，遞給衛青。

「傷得深嗎？」

「不礙事。」

在兩人簡短交談間，衛青將手帕壓在額頭上，站了起來。然而從頭到尾，他對壽雪卻連瞧也沒瞧一眼。

高峻環顧整個大廳，放眼望去可說是滿目瘡痍，家具及擺飾毀損，每一名侍女的模樣都相當狼狽。

「鶴妃。」

高峻呼喚晚霞。壽雪這才想起，大廳內不見晚霞的身影。壽雪在廳內左右張望，只見大廳角落一名蜷曲在地上的少女緩緩站了起來，正是晚霞。她垂著頭，臉上毫無血色。

「有沒有受傷？」

「……沒有。」

「有沒有什麼話想解釋？」

晚霞有氣無力地仰起臉，搖頭說道：

「沒有，全怪我領導無方。」

「且慢……」壽雪想要替晚霞緩頰，高峻轉過頭來，以眼神示意不要說話。

「關於事情的來龍去脈，鴦妃的宦官都已經向朕說明了。鴦妃沒有受重傷，可說是不幸中的大幸。」

高峻慢條斯理地環視廳上每一名侍女，那平靜的態度中隱藏著一抹怒火，反而更令人不寒而慄。整個廳堂上的氛圍有如寒冬，一絲絲的寒意鑽入骨髓，凝重的空氣更是壓得讓人喘不過氣來。壽雪不禁想起了高峻曾統率禁軍肅清皇太后一派，想必是那殘酷軍人的一面令侍女們嚇得全身直打哆嗦，不敢抬起頭來。

「所有的人抬起頭，看看周圍的狼藉之狀。」

侍女們戰戰兢兢地抬頭環顧左右，看見凌亂不堪的大廳及每個人披頭散髮的模樣，一時哀嘆之聲此起彼落。

「每個人都應該要感到慚愧。」

高峻的話雖然簡短，卻已足以讓所有侍女們嚇得再度垂下了頭。

「懲處的方式，朕會另行公布。」高峻說完這句話，轉過了身，目光朝著壽雪一瞥，憂鬱與懊惱之色在眼神中一閃即逝。

「這件事，烏妃也難辭其咎。」

高峻在說出這句話時，聲音異常低沉，有如嘆息之聲。

「對烏妃的懲處方式，跟其他人一樣另行公布。」

說出這句話之後，高峻便走出了殿舍，而衛青始終有如影子一般跟隨在他的身後。壽雪愣愣地看著高峻的背影，此刻的心情卻與以往目送他離開夜明宮時截然不同。

自從發生了這件事之後，後宮內便規定除了烏妃之外，任何人都不得佩掛黑色飾品及身著黑色服飾。

數天後的某個晚上，衛青獨自來到了夜明宮，彼時房間裡只有壽雪一人。衛青的額頭上包著繃帶，即使是在夜裡，他天生的白皙膚色依然使他看上去十分顯眼。

「……傷已痊否？」壽雪問道。

「本來就只是小傷。我救妳是因為大家的命令，妳沒必要放在心上。」

壽雪聽衛青說得冷淡，不知道他說的是真話，還是因為想要避免自己內疚才這麼說。照理來說衛青應該不可能做出這種關心自己的行為，但真相到底如何，壽雪也無從求證。

「我今天來，是為了傳達大家的諭令。」

衛青的聲音比黑夜更加冰冷。

「諭令……」

「爾後，沒有大家的許可，禁止烏妃擅自離開夜明宮。」

壽雪倒抽了一口涼氣。原來衛青今日前來，是為了傳達懲處的內容。

「烏妃在後宮體制之外，不受律法限制，也沒有義務遵守大家的諭令，但是……」

「不必多言，吾自知之。今日之事，皆吾自食惡果。吾應儘早尋思對策，並將此事告知高峻……不，追根究柢，皆因吾逾越本分。」

受他人景仰依賴的感覺實在太好，使自己過於得意忘形。以「不忍心見死不救」這種冠冕堂皇的藉口，沉溺於被需要的快感之中。明明知道這麼做就像是在玩火，卻是難以自拔。

「……這就是我一直在擔心的事情。」

衛青說道。聲音既冰冷且沉重，絲毫不留情面。

壽雪忍不住抬起了頭。

「以後請妳潔身自愛，別再做出引人側目的事，這是為了妳自己好。」

之後衛青連看也不看壽雪一眼，轉身快步離去，就跟當初來的時候一樣，沒有發出一點聲響。而這次壽雪並沒有走出殿舍目送衛青離去。

高峻今後大概不會像過去一樣經常來訪了。壽雪心裡如此想著。

這天太陽還沒有下山，高峻便來到鴛鴦宮探望花娘。距離那場騷動已過了數天，後宮也完全恢復了平靜。

花娘橫躺在榻上，一看見高峻，急著想要起身。

「……陛下！」

高峻制止道：「躺著就行了……腳還好嗎？」

「已經不痛了。他們擔心我的傷勢惡化，硬是要我躺著，我正閒得發慌呢。」

花娘在侍女的攙扶下緩緩起身，與高峻正眼相對。

「這次的事，都怪我處置不當。我本來想趁著還沒有發生騷動前解決這件事，沒想到反而引發了騷動，實在是無地自容。對於那些侍女們，我應該事先提醒她們要保持冷靜。」

「妳只是遭到了利用。對方打從一開始，就在等待著機會。趁著一名侍女向妳提出抗議之際，煽動所有的侍女。」

「『對方』指的是……？」

「不是有個資歷很老的年長侍女嗎？名叫吉鹿女……」

「啊……」花娘望著半空中，回想當時的情況。「剛開始說話的是個年輕的侍女，但後來確實有個年長的侍女指責我侮辱『緇衣娘娘』，其他侍女也開始幫腔……」

「吉鹿女是侍女長，在侍女們之間，她說出來的話甚至比年幼的鶴妃更有分量。以吉鹿女的威望，她絕對有能力安撫泊鶴宮的眾侍女，將場面控制下來。但她不僅沒有這麼做，而且還刻意推波助瀾。」

「這個吉鹿女現在……」

「原本勒房子正準備要對她展開調查，但她竟已服毒自殺了，還留下一封遺書，聲稱一切都是她的責任。」

花娘面露痛惜之色，說道：「假護符的事情，也是她策動的？」

「遺書上是這麼寫的。她聲稱她的目的只是想要增加『緇衣娘娘』的信徒，並非想要中飽私囊或是製造混亂。遺書上還說，她拿了一枚其他侍女原本帶在身上的護符，照著畫出了許多假護符，命令宦官在後宮裡到處向人兜售。」

但是根據壽雪提供給勒房子的證詞，假護符是白雷所畫，壽雪從前曾見過他的筆跡，與假護符上的筆跡如出一轍。換句話說，白雷才是假護符的始作俑者，吉鹿女只是負責在後宮裡到處散播其製作的假護符。除此之外，當初將壽雪騙往鴛門宮的侍女，也是吉鹿女。

這種種的跡象，都證明了朝陽才是幕後黑手。然而吉鹿女卻把所有的罪都攬在自己身上，而且還畏罪自殺了。吉鹿女一死，便再也難以證實朝陽與這起案子有所牽連。

一旦發生騷動，首謀者必定會遭受懲罰，這是可以預期的事情。換句話說，對方打從一開始就打算讓吉鹿女揹黑鍋，而且連毒藥及遺書都準備好了。

「烏妃還好嗎？」

「最近在夜明宮閉門思過。」

「嗯……」花娘露出了同情的表情。「這件事並不是她的錯。」

沒有錯，壽雪原本沒有理由因這起事件而遭受懲罰。而且以她烏妃的身分，大可以不聽高峻的命令。但她還是把自己關在夜明宮內，壽雪認為這是她所造的孽。

——到底該怎麼做才對呢？

煽動者確實是吉鹿女。但是光靠吉鹿女一個人的力量，不可能引發這麼大的騷動，烏妃才是這場騷動的真正肇因。壽雪那種不忍心拒絕他人請託的性格，助長了這場騷動的規模。朝陽當初的諫言，如一根針扎在高峻的胸口。就算這人沒有在背後搞鬼，後宮遲早也會發生類似的事情，朝陽只是加速了事態的發展而已。換句話說，這場騷動本身就是朝陽對高峻的諫言。

這次的事態還能夠輕易收拾，但將來如果出現了有心人士，想要利用壽雪的「烏妃」及「前朝皇族後裔」這兩個特殊身分來為惡，該如何是好？如果不趁現在摘除病灶，將來很可能會爆發更嚴重的騷動……朝陽在如此提出警告。

「鶴妃呢？她還好嗎？」

「鶴妃沒有受傷。」

「但她的氣色看起來很差。」

「嗯……她原本就有些身體不適，現在也沒有好轉。更何況失去吉鹿女，對她來說應該也是不小的打擊。」

「陛下決定要如何處置泊鶴宮那些侍女？」

「還沒有決定。吉鹿女已經畏罪而死，其他侍女及鶴妃該予以什麼樣的懲處，目前還在商議中。」

「我建議陛下可以稍待一段日子再裁決。」

「為什麼？」

「或許過陣子剛好會遇上大赦。」

高峻登時一陣錯愕，而花娘臉上則漾起了微笑，沒有多作解釋。

正如同花娘的這句預言，不久之後因為一樁喜事，侍女們的罪都獲得了赦免。

晚霞站在鯊門宮的露臺上，正出神地凝視著池塘。池面如鏡，沒有一絲漣漪，反射著耀眼的陽光。

「白雷已經逃走了？」

過了好一會兒，晚霞對著坐在後頭喝著茶的父親朝陽問道。

「……打從一開始，這裡就沒有一個叫白雷的男人。只有一個名叫玉眼的雨果占卜師，曾經在這裡待過一陣子。」

晚霞緊握雙拳，轉頭對著父親說道：

「吉鹿女死了，她在賀州有孩子，請至少帶著她的遺體回賀州吧。」

「我不能帶走戴罪之人的屍體，只能依照後宮規矩，讓她埋在這裡。」

「是爹讓她變成了戴罪之人！」

朝陽聽見女兒的吶喊，臉上表情竟全然無動於衷。

「……吉鹿女是自願為我們做這件事。妳要是從中作梗，她可是會死不瞑目。」

「我不懂……她雖然犯了錯，但是罪不至死。她是為了保護爹，才會犧牲生命。」

「不是為了保護我，是為了保護沙那賣。」

晚霞似乎感覺有什麼東西在自己的心中碎裂了。

「口口聲聲說是為了沙那賣，難道爹的心中沒有比沙那賣更重要的事物嗎？」

至此，朝陽臉上終於露出了不同以往的表情。他皺起眉頭，狐疑地問道：

「我是沙那賣的當家，為沙那賣著想是理所當然的事。」

「為了沙那賣著想，卻要讓沙那賣的族人送死，這不是很奇怪嗎？」

朝陽的雙眉擠出了更深的皺紋，顯然已動了怒氣。

「為了整個沙那賣族，犧牲一、兩個人也是常有的事。若不是靠著這樣的做法，我們沙那賣族如何能夠延續至今日？」

「沒錯，這就是我們沙那賣族的墮落本性。因為是為了全族著想，就算犧牲么女的性命也是常有的事。」

朝陽的臉色變得越來越難看。過去晚霞從未見過父親臉上露出這樣的表情，畢竟父親是個從來不將情緒顯露在臉上的人。

「為了救妳的性命，所以我才……」

「所以爹才找了另一個少女，讓她代替我犧牲生命？這也是為了沙那賣族嗎？」

「這不是我的決定，是妳自己的決定。」

朝陽冷冷地說道：

「如果妳不希望讓別人代替妳犧牲生命，當初妳就應該選擇結束自己的生命。」

晚霞倒抽了一口涼氣，嘴唇微微顫抖。多麼冷酷無情的一個人！

「我好恨自己為什麼是沙那賣族的女兒。」

晚霞感覺到一股熱流湧上眼眶，沒有辦法阻止自己的聲音不住抖動。

「這輩子我不會再聽爹的話，也不會再跟爹見面。」

朝陽說出了一個名字。那是只有晚霞與朝陽才知道的晚霞的真名。

「妳屬於沙那賣一族，這是無法改變的命運。不管是妳還是我，都無法逃避。」

「不，我受夠了。我才不想再當沙那賣人……」

「……」

朝陽低聲呢喃了一句話，晚霞沒有聽清楚。

「爹，你說什麼？」

「果然妳也不懂……」

那聲音陰沉而晦暗，彷彿來自遠方。

「咦？」

「沒有人知道……沒有人懂我的罪愆……」

驀然間，晚霞彷彿看見一道光芒自前方射來，父親的臉孔因逆光而變得模糊不清。明明看見了，卻宛如什麼也沒看見……或者應該說，眼前的父親彷彿變成了一個陌生人。

這讓晚霞的心中驟然浮現了一個想法。自己到底對父親這個人瞭解多少？對於這個人，自己幾乎可說是一點也不瞭解。父親的一生之中，到底經歷過什麼樣的事情？曾經拋棄過什麼？曾經對什麼感到絕望？

「爹……」

霎時之間，晚霞忽然感覺到一陣天旋地轉。一股冷流自腳底往上竄，同時感覺全身的血液彷彿正在迅速流失。晚霞才剛察覺身體的異狀，想要站穩腳步，身體已開始劇烈搖晃。

——要摔倒了！

晚霞彎下了腰，整個身體蜷曲成一團。下一瞬間，晚霞感覺整個人彷彿被吸入了黑暗之中，就此失去了意識。

不知是誰在呼喚著晚霞的名字。那聲音讓晚霞幽幽醒來。

「小妹，妳終於醒了。」

「蠢蛋……大夫不是說要讓她好好休息嗎？」

那是哥哥們的聲音。晚霞轉頭一看，晨、亮都在自己的身邊，自己正躺在床上，置身在一間陌生的房間裡。

「這裡是鯊門宮的房間。妳昏倒了，妳還記得嗎？」

長兄晨皺著眉頭說道。在晚霞的記憶之中，這個哥哥永遠都是皺著眉頭的表情。

「我記得……那時候突然覺得很不舒服，對不起……」

亮聽晚霞這麼說，忽然朝晨瞥了一眼，似乎有什麼話想說，但晨只當作沒看見。

「喂，妳原本就知道嗎？」

「先別說這個。」

晨出言制止，但亮充耳不聞，繼續說道：「大夫說妳……」

「說我懷孕了，是嗎？」

晚霞不等亮說完，已自己說出了答案。

「搞什麼，原來妳已經知道了。」亮的表情有一半顯得無趣，另一半則是鬆了口氣。

「妳是什麼時候知道的？」

「我原本不是很肯定，也沒讓大夫看過，只是自己猜測而已……」

「爹說妳完全沒把懷孕的事告訴他。」晨說道。

「我剛剛說了，我還沒讓大夫看過，只跟一名侍女商量過這件事。」

「吉鹿女？」

「不，不是吉鹿女。任何事只要一跟她說，爹馬上就會知道……過去每次都是這樣。」

「……難怪爹說他不知道。」

「我已經不再聽爹的話了。」

晚霞有種心情豁然開朗的感覺。

「而且我已經告訴爹了。」

兄弟兩人一聽，都是吃了一驚，且兩人吃驚的表情完全如出一轍。

「爹絕對不會允許這種事。」

「……爹根本不會在意妳的想法。」

晨與亮做出了不同的結論。

「妳不聽爹的話，爹可能會把妳拋棄，妳願意讓這種事發生嗎？」

「拋棄？大哥，小妹可是懷了陛下的孩子，爹怎麼可能拋棄她？」

「我指的是心情上。」晚霞將雙手交握在胸口，說道：

「爹拋棄我，我也會拋棄爹。我不僅要拋棄爹，而且要重新認識爹這個人。」

晨與亮一聽，不由得面面相覷。

「我只認識現在的爹……不，就連現在的爹，我也是一無所知。大哥，爹自己應該也有個么妹吧？」

「嗯……應該有吧，我也不清楚。」晨一臉困惑地說道。

「我想要知道爹的過去……我相信爹一定……」

——一定活在痛苦之中。

晚霞閉上雙眼，接著又緩緩睜開。

——我想要知道，到底是什麼事情讓父親如此煎熬。

晚霞瞇起眼睛，看著充塞著耀眼陽光的明亮房間。

原以為繭裡的蛹早已死亡、腐爛。如今晚霞卻感覺自己終於破繭而出，看見了陽光。

❀

壽雪穿上宦官的衣服，悄悄溜出了夜明宮，身邊只帶著溫螢同行。因為她接到了來自高峻的一封信。

——朕在冬官府等妳。

信上只寫著這麼一句話。

一抵達冬官府，便看見一群放下郎在門口迎接。放下郎告訴壽雪，陛下已經先到了。隨即她被引到了一間房間的門口，門邊站著一個人，正是衛青。他對壽雪連看也沒看一眼，只是例行公事般地作了一揖。

壽雪吩咐溫螢在門口等著，獨自進入了房間。除了高峻之外，千里及封一行也都在房內。三人圍繞著一張桌子而坐，壽雪於是也走到桌邊坐下，高峻就坐在她的對面。自從發生上次的騷動之後，這是兩人第一次見面。

壽雪一直低著頭，不敢看高峻的臉。當初高峻踏入泊鶴宮的殿舍時，那冰冷而嚴峻的態度在自己心中一直揮之不去。但她明白總不能一直逃避下去，只好緩緩抬起了頭。

高峻正目不轉睛地看著自己。那般平靜而泰然自若的眼神，與當初第一次相遇之時如出一轍。

——為什麼他可以完全沒有改變？

這一點讓壽雪不由得手足無措，一顆心七上八下。兩人四目相交的這樣久，而壽雪依然完全無法移開視線。

這次的事件，讓壽雪深刻感受到自己的立場隱含著多大的風險。在她看不見的地方，烏妃的存在意義可能會迅速膨脹、擴張，那是一件多麼可怕的事情。這次只是後宮裡的小小紛爭，並沒有釀成大禍，但下次如果又發生類似的事情，可就很難說了。

所以壽雪一直認為高峻不可能再像從前那樣對待自己了。雖然高峻過去一直想要幫助自己，但他不可能不明白事情的嚴重性。

沒想到那人看著自己的眼神沒有絲毫改變。

「……朕一直在這裡，思考著該怎麼做才對。」

高峻靜靜地開口說道。

「朕想要拯救妳的決心從來不曾改變，也從來不曾後悔。烏妃的身分相當危險，這是朕早就知道的事情，冬王乃是掌管祭祀之王，受到信奉尊崇也是理所當然。但不能因為危險，就想要加以排除，事情並沒有那麼單純。真正的錯誤，是不應該將冬王幽禁在後宮之中。維持現狀並沒有辦法解決任何問題，我們必須從根源開始抽絲剝繭，才能將問題徹底解決。既不能抱著快刀斬亂麻的想法，也不能放棄思考，那都對解決問題沒有任何助益。」

壽雪凝視著高峻的雙眸，許久沒有將視線移開。那雙眸並非沒有一絲迷惘，因為不想後悔，反而更增心中痛苦。

雖然如此，高峻還是選擇一同尋找解決的方法，而非設法掩蓋問題。即便兩人都不知道這條路的前方還有多少艱困的考驗。

「第一步，是將香薔所犯的錯導回正軌。」

高峻淡淡地說道。不論任何時候，他總是能把任何話說得輕描淡寫。

香薔所犯的錯，指的當然就是將烏漣娘娘封入烏妃的體內。

「要做到這一點，首先我們得找出烏漣娘娘的半身。能夠做到這件事的人只有烏妃，正因如此，香薔才會設下結界，不讓烏妃踏出城門一步。換句話說，必須先設法破除香薔的結界。結界到底有沒有辦法破除，我們正在詢問封一行的意見。」

高峻說到這裡，轉頭望向封一行。封一行恭謹地說道：

「從巫術師理論的角度來看，天底下並不存在無法破解的結界。因為結界顧名思義，是一種『結』。例如將絲線綁在一起，或是將藤蔓繞一圈後兩端打結，就成了結界，既然能夠綁起，就一定能夠解開。所以說任何結界都一定會有破綻。香薔的結界……」

封一行將雙手手指交握，接著說道：

「是以手指所結成，這當然也能加以解開。手指埋於九座城門處，這代表『結』總共有九個。」

「我們必須一一解開這九個『結』？」千里問道。

「不……」封一行搖頭說道：

「如果一個一個解，在解下一個『結』時，上一個『結』又會恢復原狀。這意味著單靠一個人的力量，無法解開結界。當初香薔這麼設置，就是要讓烏妃無法獨立解開結界。」

「反過來說……」高峻說道：「只要不是一個人，就能解開結界？」

「這是『補綴』之術，雖然『結』會恢復原狀，但也不是毫無止盡。一個『結』被解開，就要有其他『結』來補，使結界能維持完好。『結』總共有九個，所以是以三個為一組互相補綴。若是要讓『補綴』之術失去功用，就得必須同時解開三個結。換句話說，要破除這個結界……」

「三人？」壽雪問道：「需三人合力？」

「沒錯，而且這三人都必須擁有能破除香薔巫術的強大實力。從前的烏妃就算想要破除這個結界，也很難在巫術師的監視之下，找到這麼多願意協助的高手。」

「這三個人可以包含烏妃自己，是嗎？」千里確認道：「如果是這樣的話，再加上你，就只差一人了。」

「一人……」壽雪喃喃道。

「但現在京師裡並沒有巫術師。」封一行皺著眉頭說道：「早在炎帝的時期，巫術師就已經逃得一乾二淨。要找到這最後一個人選，恐怕並不容易……」

「就算昭告天下，優秀的巫術師也會以為這是陷阱，不會輕易回來效命。」

高峻將雙手盤在胸前，說道：「看來只能派人到鄉下地方慢慢尋找了。」

壽雪沉默不語。說起「有實力的巫術師」，她腦海中立刻便想到了一個人，但是壽雪立刻告訴自己「不可能」。那個人只會下咒而已，絕對不可能提供協助。

獨眼的巫術師，白雷。

藍色的汪洋及白色的浪花在壽雪的腦中一閃即逝。

——在死寂的夜裡，我在深海之中靜靜地等待著。等待著回歸的那一天。

（完）

國家圖書館出版品預行編目資料

後宮之烏 4：咒縛之結 / 白川紺子作；李彥樺譯
. -- 初版 . -- 臺北市：三采文化股份有限公司，
2022.12- 冊； 公分 . --（iREAD；159）

ISBN 978-957-658-983-6（平裝）
861.57 111017394

suncolor 三采文化集團

iREAD 159
後宮之烏 4：咒縛之結

作者｜白川紺子 繪者｜香魚子 譯者｜李彥樺
編輯二部 總編輯｜鄭微宣 責任編輯｜藍匀廷 編輯選書｜李嫜婷 校對｜黃薇霓
美術主編｜藍秀婷 封面設計｜李蕙雲 內頁排版｜魏子琪 版權協理｜劉契妙

發行人｜張輝明 總編輯長｜曾雅青 發行所｜三采文化股份有限公司
地址｜台北市內湖區瑞光路 513 巷 33 號 8 樓
傳訊｜TEL:8797-1234 FAX:8797-1688 網址｜www.suncolor.com.tw
郵政劃撥｜帳號：14319060 戶名：三采文化股份有限公司
本版發行｜2022 年 12 月 16 日 定價｜NT$380

suncolor